姉のスカートはいつも短すぎる

館　淳一

幻冬舎アウトロー文庫

姉のスカートはいつも短すぎる

目次

第一章　淫らな姉の下着

深夜の一時、エリカは田ノ倉泰《たのくらやすし》の車――メタリックグレーのBMW-M5――で、家まで送ってもらった。

エリカの家は夢見山《ゆめみやま》市でもひときわ落ちついた雰囲気の住宅街、田園《でんえん》町三丁目。田ノ倉が経営するランジェリークラブ《ブラック・アンディーズ》からだとほぼ十五分。田ノ倉は「おれの家までの途中だから」と、時々、エリカを送ってくれる。

外国にいる両親には内緒だが、エリカは半年前から田ノ倉の店で、コンパニオンのアルバイトをしている。アルバイトをはじめてから一週間めでオーナーに抱かれ、いまでは週に一度か二度、セックスをするという関係がつづいている。この前抱かれたのは二週間前だ。だから今夜、「送ってやるから少し待て」と言われた時は、期待に胸がときめいた。

国道を走っている時、男ざかりのクラブ経営者は、いつものように助手席に座っている美人女子大生の、ドレスの胸もとから右手を入れてブラジャーの内側に遠慮なく指を突っこみ乳首をいじった。次に黒いミニドレスの裾をまくりあげ、露わになった太腿《ふともも》を撫でまわす。左ハンドル車だから自由に右手を使えるということもあって、ほんの十五分のドライブなのに、エリカは巧みな指の刺激で、激しく欲情させられてしまう。

彼の掌《てのひら》と指は薄いナイロンに包まれた、すんなりした脚線を撫であげてゆく。膝の上、太腿の半ばでふいにナイロンの包装が途切れた。この若い娘はパンティストッキングではなく、ガーターベルトで吊る太腿までのストッキングを履いている。それは店で着ける制服の一部なのだ。

田ノ倉は女性のセクシーな下着姿を愛好する嗜癖《しへき》があって、そのためにランジェリークラブという形態の風俗店を経営しているのではないかと思えるフシがある。

エリカと交歓する時も、全裸にするということはなく、最低でもストッキングは絶対に脱がせない。

それはいいのだが、家では弟の目がある。いつもは帰る時にふつうのパンティストッキングに履き替える。今夜のエリカは、ひょっとしたら抱いてくれるかも……と期待するところもあって、パンティは穿き替えたものの、ストッキングはそのままの格好だった。

田ノ倉の指はミニドレスの裾の内側で独自の意思を持つ生命体のように蠢《うごめ》いた。股間を覆う防御はパンティストッキングがあるのとないのとではだいぶ違う。

「あう……はぁっ……」

豊かな肉がうねり悶えた。肩までの長い黒髪が揺れ、さわさわという音に伴って甘い匂いが振り撒かれる。中年男の指はしたたかに動く。エリカの手はもちろん田ノ倉の股間にある。

「まったく、おまえのように淫らな姉貴が傍《そば》にいたら、弟にしてみれば確かにたまらんだろうな……」

インテリやくざに似た精悍な印象を持つハンサムな中年男は、淫靡な笑みで唇の端を歪めるようにした。どこから見ても清楚、清純、可憐、二十歳になったいまでもセーラー服を着せれば女子高生でとおるような良家の令嬢が、少し触れられただけで激しく欲情するほど性感が豊かで、性欲が旺盛で、かつ性的な好奇心も猫のように強いと知ったら、どんな男でも彼を羨望するに違いない。

もっとも、そういった特質の半分以上は自分が開発してやったからだ——と田ノ倉は自負しているようだ。確かにエリカはそれまでも何人もの男たちに抱かれてきた経験はあるが、失神するようなオルガスムスは彼によって初めて与えられたのだ。

「ところで、決心はまだつかないのか？」

田ノ倉が訊《き》いた。

「春樹《はるき》のことですか？　できないですよ、やっぱり……」

　エリカが答えた。

「それで春樹くんは諦めたというわけか？」

「わからないけど、こっちも隙を見せないようにしているから……」

「やれやれ、かわいそうに」

　田ノ倉は溜め息をついてみせた。

「やらせてみたらどうだ？　簡単なことじゃないか」

「マスターは赤の他人だから、簡単だなんて言えるけど、こっちはそうじゃないんですもの」

　やがてＢＭＷ‐Ｍ５は国道を折れて、樹木が多く道幅の広い住宅街――田園町に入っていった。エリカは少しガッカリした。もし田ノ倉が彼女を抱く気なら、国道をもう少し先に行ったところにあるモーテルへ向かうはずだから。

（もう、私の体に飽きちゃったのかなぁ。それで春樹のことを言うのかしら？）

　恨めしい気持ちが湧いてくる。

　田園町は夢見山という標高三百メートル余りのなだらかな丘陵の南麓に広がる住宅地だ。

　エリカの家はその一番奥――そこから先は雑木林という区画にあった。

「あ、ここでいいです」

家へ通じている坂道の交差点でエリカが言った。このまま進むと、道はエリカの家を過ぎたところで突き当たりになる。田ノ倉はUターンしなければならない。田ノ倉が送ってくれない時はタクシーを使うのだが、運転手に悪いと思い、エリカはいつもその交差点で降りる。深夜は人通りがないが、歩く距離は五十メートル足らず。この近隣の人間以外に出歩く者はいないから、エリカは不安を抱いたことがない。

田ノ倉は車を停めた。

「じゃあな」

車から降りて、ミニドレスの裾を直しながらエリカは頭を下げた。

「どうも、ありがとうございました」

ブルル。

BMWは独特の重厚な排気音を残して走り去った。

「ふー……」

尾灯を見送ってからエリカは坂道を上っていった。

やがて門柱に『大野』と書かれた、このあたりでもかなり目立つ洋風の家が見えてきた。

玄関の上の部屋には明かりが灯っている。そこは弟の部屋だ。受験浪人だから、この時間はまだ起きているのがふつうだ。

わが家に近づきながら、エリカは大きく深呼吸した。

（マスターが抱いてくれないのなら、やっぱり今夜だわね。条件が揃えば決行するか。あいつも準備して待ってることだろうし……）

門が近づいてきた。

（だったらここから、演技開始と……）

バッグから玄関の鍵を取り出しながら、エリカはすばやく頭のなかで計画を反芻《はんすう》してみた。

（まず足音を乱し、ドアの開け閉めは乱暴に……）

わざとハイヒールの踵《かかと》を玄関前の階段に叩きつけるようにして上がり、ガチャガチャと二度、三度ノブを荒々しくまわし、なかに入るとバアンと玄関ドアを音をたてて閉めた。

（うんと酔っぱらっているように動く）

自分に言い聞かせ、ハイヒールをポンポンと振り捨てるように脱ぐ。ドシンと上がり框《かまち》に腰を下ろし、

「うぃーッ、ヒック」

あられもなくゲップをしたりしゃっくりをしてみせる。家のなかは暗く静まりかえっているから、エリカがたてる物音は二階の春樹の部屋にまでよく到達するはずだ。

いかにもひどく酔った人間がそうするように、フラフラと、しかも足音をドタンバタンとたてながら台所へと歩いてゆく。入ったところの食卓にわざと脛《すね》をぶつけてドシンという音をたて、

「あっ、いた……ッ。クソぅ」

呻き声を洩らし罵り声を張りあげる。これだけやれば春樹も、姉がひどく酔って足もとがおぼつかない状態でご帰館したと思うはずだ。

「ふー」

全身の神経を耳へと集中させたまま、冷蔵庫を開ける。ドアの裏側の棚の中段にドリンク剤が並んでいる。エリカが二日酔いやアルコールの飲み過ぎによる胃のむかつきを抑えるために常備している、生薬入り五十ミリリットルの小瓶。いまバッグから取り出したものとまったく同じものだ。

（さて、あいつが、日記に書いた計画書どおり、用意しているかどうか……）

ここが今夜の計画を遂行するか中断するかの分かれ目だ。

（やっぱり！）

六本並べてある一番端の、ごくふつうに最初に手を伸ばす位置に置かれてあるドリンク剤の蓋は、すでに封が切られていた。蓋は一度開けられているのだ。

手に取って照明に透かせて見ると、底の部分にわずかに白い沈澱物。春樹はその気なのだ。

(では、決行!)

エリカはそれの中身を流しに捨てた。次に、バッグから用意しておいたドリンク剤を取り出した。

五十ミリリットルのドリンク剤の容器はすでに封を切ってある。なかは店で顔なじみのバーテンに頼みこんで詰め替えたウィスキー。中身を全部口に含み、琥珀色の芳醇な液体でガラガラと口をすすぐようにしてから流しに吐き出した。このウィスキーは匂いをプンプンと振り撒くという偽装のためだ。

空の瓶が二本できたわけだが、底に白い粉が残るものは食卓の上にこれみよがしに置き、ウィスキーを入れていた瓶はゴミ箱に投げ入れた。

(これで、春樹は、私が睡眠薬入りのドリンク剤を飲んだと思いこむはず……)

あいかわらずドタドタとよろめきフラつく足音をたてながら居間に行き、とりあえずソファの横のフロアスタンドの明かりだけ点けた。

(準備完了と……)

エリカはソファにしどけなく体を横たえた。

アルコールが入っているところに睡眠薬を飲んだとすれば、効果は急速に現われるはずだ。

少なくとも五分以内には熟睡してしまうだろう。エリカはそう計算した。

（どんなふうなポーズがいいかな）

春樹が入ってくるのは廊下からのドア。

意識を失っている自分の姿を、彼の網膜に効果的に焼きつけなくてはいけない。

とはいうものの、自分にだって美意識というものがある。あまりにも激しく酔い潰れたという姿態は見せたくない。

エリカはソファの上で二度、三度と姿勢を変えた。

（うーん、難しい）

ソファに右手が上になるよう、肘掛けに頭を載せて横たわる。左手はダランと床につくように垂らし、右腕は額に載せる。顔の半分が隠れるから演技はしやすい。この場合の演技というのは、完全に意識を喪失しているという演技だけに、かえって難しいのだ。

右脚はまっすぐ伸ばしてソファの向こうの肘掛けに踵を載せ、左脚は床に落とす。

田ノ倉が買ってくれた黒いストレッチ素材の、背中が大きく開いたノースリーブのワンピースドレスは、ただでさえ短い裾が、もっとたくしあがって、赤い、総レースのパンティが股布の部分まで完全に見えてしまう。黒いヘアもレースの編み目からそっくり透けている。スリーインワンのサスペンダーで吊られた黒いストッキングと、赤いパンティの間の白い肌が自分でもゾクゾクするほど刺激的なコントラストをなしている。

（こんなところか……）

姿勢を決めた。頭のなかで部屋に入ってきた春樹の視線で自分の姿を想像してみる。

（絶対に昂奮するはず。うん）

罠に餌が置かれた。あとは獣がかかるのを待つだけ。

（しかし、私もなんてモノ好きな……欲求不満の春樹のために体を与えてやろうというんだから……）

嗽《うがい》をしただけのウィスキーでも、アルコールがまわってきたようだ。思わず笑いだしたくなってしまう。

（いったい、どうしてこんなことになったのかしら？）

第二章　秘密のアルバイト

この春、エリカは両親と別居することになった。エリカが家を出たわけではない。エリカと弟の春樹を残して、両親のほうが外国へと出かけていったのだ。

姉弟の父、大野春光《はるみつ》はS大の理工学部建築学科教授。専門は都市工学だ。ひとつひとつの建物のデザインではなく、都市そのもののあり方を研究する学問である。

去年、中近東の某国が首都の大改造を行なうため、外務省に専門家の派遣を要請してきた。外務省の関係機関が協議したうえで打診したのが大野教授だった。春光は奮い立った。日本ではそのような国家的プロジェクトを一人で計画し、指揮する機会はめったにない。これまでの研究の成果を世に問う、最初で最後の機会だろう。しかし、実現まで最低二年は現地に滞在することになる。

「たとえ砂漠に骨を埋めることになっても悔いはない。行く」

昔気質《むかしかたぎ》の父親は一も二もなく了承した。それを聞いてあわてたのは妻の信子《のぶこ》だった。

「そんなことを言って、体のほうはどうなさるんですかッ⁉」

春光には糖尿病という持病があった。妻の懸命の食事療法で大事にいたっていないが、それがおろそかになれば命とりになりかねない。単身赴任、しかも食物がぜんぜん違う中近東で暮らすとなると、健康が危うくなるのは目に見えている。

結局、信子が同伴して食事の面倒をみ、健康管理をするということになった。

両親の一番の懸念は、息子の春樹がまた来春、受験を控えているということだった。

かなりワンマンの父親は一人息子にも科学者をめざすように強い、自分の出たS大の理工学部以外へ進むことを許さなかった。今春、すべり止めに受けた二流大の工学部は受かったものの、父親は「そこでもいいから行かせて」という息子の願いを一蹴した。つまりS大以上の一流大に受からない限り、春樹はいつまでも浪人でいなければならない。

「お母さんがいなくても、エリカに面倒をみさせる。だからおまえは勉強に専念しろ」

父親はそう言い、エリカはその時、殊勝気にうなずいたものだ。

「春樹の面倒は私がみるわ。だから心配しないでパパはお仕事に打ちこんで。ママはパパの傍で面倒をみてあげて」

しかし、その言葉どおりにしたのは両親が出かけていって、ほんの少しの間だけだった。

いまでは春樹のために何かするのは夕食の仕度だけだ。第一、春樹が予備校に行くために起きる時間――朝の七時半にエリカが起きてきたためしがない。春樹は自分でコーヒーを入れ、トーストを齧《かじ》って出かけてゆく。

といって夕食づくりに身を入れるというわけでもない。「私はバイトがあるから」と言ってエリカが用意するのはほとんどレトルトものとか、コンビニで買ったパック入りの惣菜や弁当の類。手をかけて料理したことなど一度としてない。

洗濯にしたって、やるのは週に一度、下着をガーッとまとめて洗濯機にほうりこむだけだ。シーツの類はクリーニング屋に出してしまう。掃除もよほど埃《ほこり》が溜まらない限りやらない。母親が見たら目を剝《む》くに違いない。

「仕方ないのよ。だって私、急に忙しくなっちゃったんだもの」

ブツブツ不満を言う弟には、そう言いわけしている。

「私が留守の時にパパやママから電話がかかっても、私のことで文句を言わないでね。夕食の仕度だってしてあげないから」

それとなく脅かしておくことを忘れない。

「働かなきゃいけない」というのは嘘ではないのである。それは経済的な問題だ。

両親は子供たちに必要な生活費は銀行から引き出せるようにしておいてくれたが、遊興費は別だ。予算以上に引き出したら詰問される。とはいうものの、両親がいる時は門限があって、夜は早めに帰宅しなければ叱られた。せっかく羽を伸ばせるようになったのだ。いま遊ばなくては意味がない、と刹那的な衝動が湧いてきた。それは、これまでの厳しい躾《しつ》けの反動かもしれない。

そのためにエリカはバイトをしている。しかも父親がいたら絶対に許してはくれなかっただろう種類のバイト——ランジェリークラブのコンパニオンだ。

もともと、エリカにしても一気に夜の商売に飛びこむつもりではなかった。

最初は、夢見山市のメインストリート、夢見銀座通りにある喫茶店、《ホワイト・レディ》でウエイトレスのバイトをやりはじめた。

クラスメートの一人がそこで働いていて、労力の割りには高い時給、融通のきく勤務シフトだということで誘われ、エリカものり気になったのだ。同じ夢見山女子大から他にも二、三人が働いていた。みな口コミで誘われた子だ。

経営者は田ノ倉靖美《やすみ》といい、ファッションモデルだったのではと思うほどのスラリとした肉体を持つ美人で、年齢が三十七と聞いてエリカは腰を抜かしそうになった。とてもそんな年齢には見えない。せいぜい三十そこそことしか見えない。フレンチショートと呼ばれるキリッとした短髪がよく似合う、凜とした感じの熟女である。

靖美はアルバイトの娘たちに親切で、特にエリカを優遇してくれた。それで気をよくしていたら、一カ月ぐらいしたある日、

「エリカちゃん、ちょっと来て」

奥の事務室に呼ばれた。

そこに、カジュアルではあるが金のかかった身なりをした中年男がいた。もみあげに白いものが混ざっている。年齢は四十代半ばだろうか。ハンサムで年齢相応に渋いがどこか崩れた感じもする。しかし全身から男ざかりのエネルギーを発散して、体験の少ない若い娘を圧倒してしまう――そんなタイプだ。それが靖美の夫、田ノ倉泰だった。

「こちらが私のダンナさま。夢見銀座の裏でクラブをやっているんだけど、今日、店でエリカちゃんを見て、クラブのほうでアルバイトしてくれないかって私に言うの。あなたがその気になってくれれば私としてはかまわない。どう？」

（へぇ、進んでる）

エリカはこの夫婦の態度に驚かされた。妻の店の従業員である若い娘を、夫が自分の店にスカウトしようとしたら、たいていは断るし怒るのではないだろうか。特にエリカのようなピチピチした男好きのする肉体と容貌の持ち主なら、引き抜きの目的も疑うだろう。なのに靖美は平然としている。

しかし、田ノ倉の説明を聞いてエリカの驚きは増幅された。

なんと《ブラック・アンディーズ》というその店は、単なるクラブではない。コンパニオンがランジェリー姿でサービスするランジェリーパブと呼ばれる店だった。田ノ倉は「うちはもっと高級だから、ランジェリークラブだ」と言った。

時給はとてつもなくいい。《ホワイト・レディ》で働く一週間ぶんが一夜で稼げる勘定だ。ランジェリー姿ではあるが、性的なサービスを強要されるわけではないという。

しかし、ちょっと前まで、両親と一緒に暮らしていた時は、どこから見ても非の打ちどころのないお嬢さまタイプのエリカが、そんなに簡単にランジェリーパブのコンパニオンになれるわけがない。

そこを田ノ倉夫妻は巧みに説得した。

「若い時は二度とないのよ。冒険してお金を稼いでみたら？」

靖美はまずそうそそのかした。

「特に、あなたの体は美しい。その体、誰にも見せないなんて、もったいないわ。見方によっては、毎日、みすみす損をしているのよ」

「そんな……」

エリカは羞じらったが、悪い気持ちはしなかった。高校生の頃から自分の肉体に自信があった。脚はスラリとして長く、丸いお尻はキュッと引き締まって上に持ち上がっている。乳房はちょうど男の掌でくるみこめる適度なサイズで、乳首はツンと上を向いている。目が大きく清純さがきわだつ容貌。ふっくらとした桃色の唇には、男ならずとも女でも自分の唇を押しつけたいという欲望をかきたてられずにはおかない。

困ったことに、自慢の肉体と容貌を褒められるとエリカは弱い。中三の時に彼女の処女を奪った体育教師、高校の時にビーチで知り合った監視員の大学生、大学に入ってスキー場で迫ってきたプロスキーヤー……。彼らはみな、靖美のように彼女の美しさを褒めたたえ、エリカの肉体を賞味するのに成功していた。

靖美もまた、同性としての直観で、この女子大生の弱点を見抜いていたようだ。

驚いたことに、店には《ホワイト・レディ》で働いていたウエイトレスの先輩がすでに何人か働いているという。同じように田ノ倉の目に留まって移籍したのだ。ということは、《ホワイト・レディ》は《ブラック・アンディーズ》の従業員をスカウトするためにあるようなものではないか。

靖美は彼女たちがみな楽しく働いてかなりのお金を稼いでいると告げた。

（確かに、喫茶店のウエイトレスよりは楽しそうだわ）

エリカにしてみれば、客との会話がほとんどない、ただサービスするだけのウエイトレスという職業に飽き足らなさを覚えていたところだ。セクシーなランジェリーに包まれた新鮮な肉体を賞賛する男たちの視線を受ける自分の姿を想像しただけで下腹が熱くなってきた。

さらに、高額の報酬ということがある。

エリカには欲しいものがいっぱいあった。洋服、毛皮のコート、シルクの下着、バッグ、靴、アクセサリー、化粧品……。

そういったものを手に入れることができるのだ。それは素晴らしいことのように思えた。

(自分の魅力で得た収入なんだもの。誰に非難されるわけのものではないわ)

さらに決め手は、次のセリフだ。

「いま、これといってパッとした子がいないんだ。イケイケタイプの子は多いけど、本当に欲しいのは黙って座っていても輝いて見えるような子——キミのような子なんだ。さっきキミを見て、おれは本当に嬉しかった。うちで働いてくれたらどんなにいいかと思ってね。断られると、ガッカリだなあ」

そう言われると、さらに弱い。エリカには相手を傷つけたりガッカリさせたくない——という気持ちが強い。「期待しているよ」などと言われると人一倍がんばってしまう。優しい素直な性格と言えばそれまでだが、おだてにのりやすく、人につけ入られやすい性格でもある。エリカはますます断りにくくなった。

しかし問題が一つあった。

「あの、弟がいるんです。夜のお勤めをしているとわかったら、両親にも知れてしまうし」

「心配ないわ。そういうことは私たちがカバーしてあげる」

靖美はニッコリと笑ってうけあってくれた。

「あなたのような娘さんたちが働きやすいように、ちゃんとこういうものが用意してあるの」

一冊の小冊子を取り出して見せてくれた。

『FLBS＝フレッシュレディ・ベビーシッターズ』

大きい字で印刷されていた。オフィスは東京にある。説明を読むと、ベビーシッターの派遣会社だった。幼い子供のいる夫婦が安心して外出できるように、電話一本でベビーシッターを頼めるようになっている。そのベビーシッターは『特別の訓練を受けた、身もとの確かな、愛情に溢れる大学生や専門学校の生徒さんたち』と記してあった。よく見ると、社長は靖美で、彼女の写真も刷りこまれていた。

「実際に、そういう商売もしているのよ。電話一本でできる商売だから。もし《ブラック・アンディーズ》に勤めてくれるなら、エリカさんがここで働いているということにするのは簡単よ。弟さんにも、このパンフレットを見せて信用させるといいわ。もし何かあって連絡が必要なら、この事務所に電話すると、すぐにお店のほうに連絡がいくようにできるし」

「はあー」

感心してしまった。ベビーシッターなら、夜、外出する夫婦の留守番ということで、遅くなって帰ってきても怪しまれることはない。

結局、エリカは靖美にそそのかされ、田ノ倉に懇請されるという形で《ブラック・アンディーズ》に勤めることになった。

「私、バイトを替えたの。今度は帰りが遅くなるけど、こういう仕事だから心配しないでね」

弟の春樹にパンフレットを見せて告げた。その日その日で派遣される家が違うけれど、連絡はオフィスを通じてとれる――と、わざと目につくところに《ＦＬＢＳ》のパンフレットをぶら下げておいた。彼は信用した。

《ブラック・アンディーズ》はキャバクラやクラブが密集する歓楽街のビルのなかにあった。コンパニオンはほとんどが女子大生か専門学校の生徒で平均年齢は二十歳そこそこ。毎日二十人ほどが出勤する。

店への出勤は早番と遅番がある。早番の場合は七時頃に出勤、お化粧と着替えをして七時半に従業員のミーティング。八時前からぞくぞくと客がやってくる。ほとんどが社用接待のサラリーマンだ。

田ノ倉がコンパニオンたちに支給しているランジェリーはブラジャー、ガーターベルト、パンティの三点セットが基本だ。脚には当然太腿までのストッキングを吊る。そういったスタイルを田ノ倉はこよなく好むが、それは多くの男性に共通した好みでもあって、営業政策としては成功していた。むっちりした太腿が股間の付け根まで露わな若い娘がピチピチした姿で動きまわり、接待する。客が歓ばないわけがない。

本名で働くのはやはり危険だ。エリカは「えりな」という名前で呼んでもらうことにした。やがて知ったことだが《ブラック・アンディーズ》というのは、黒い下着という意味なのだ。といっても、別に黒に限ることなく、女の子たちは好みで色を選べる。エリカは赤が好きだった。白い肌に赤のブラジャー、ガーターベルト、パンティ――かなりハイレグカットで後ろのほうはお尻のふくらみを剝き出しにしたTバックタイプ――という組み合わせは、店の照明や雰囲気とあいまって、見るものをゾクゾクさせるような刺激的なエロティシズムを発散させる。

早番の勤務が終わるのは十一時。これだと家から通っている若い娘でもなんとか言いわけできる時間に帰宅できる。もちろんエリカは、洋服から下着までふつうのものに着替えて、何くわぬ顔でタクシーで帰宅する。春樹の目はこれまでごまかせた。

遅番は一時間遅い。八時半にフロアに出、真夜中に解放される。エリカは早番だが、週に一度、一番客のたてこむ金曜日だけ遅番で出てくれと言われていた。

遅番だとタクシーが拾いにくい時間帯だから、田ノ倉は特別にタクシーと契約してコンパニオンたちを順繰りに家まで送り届けている。

最初の金曜日、田ノ倉は「おれの帰り道だから」と、自分のBMWで送ってやると言ってきた。その下心を見抜いたうえでエリカは承諾した。

田ノ倉がエリカの肉体を賞味したのは、市の西に聳《そび》える夢見山という公園の駐車場だ。

「まっすぐ帰るのも味気ない。夜景でも楽しもうや」

かつて人気のあったアクションスターにも似た精悍さに、中年紳士の渋さを加えた経営者はそう提案し、店で飲んだカクテルで少し酔ったエリカは、駐車場で求められると積極的に応じた。シートに体をかがめて田ノ倉の屹立《きつりつ》した欲望器官を口に含み、舌と唇で熱心に奉仕し、最後は彼の膝にまたがる姿勢で貫かれた。そして初めて失神するほどのオルガスムスを味わったのだ。

「おまえの体は、まだ六十パーセントしか開発されていないな。宝の持ちぐされだ。おれがおまえに本当の女の歓びを教えてやる」

田ノ倉はそう言い、主に市内のラブホテルや近郊のモーテルでエリカを抱いた。

「奥さまに悪いわ」

その言葉を口にすると、靖美の夫は平然と受けながした。

「あいつのことは心配するな。おれが何をしようが、怒ったりはしない」

その言葉の底には「こいつは公然の情事なのだ」というニュアンスがあるように思えた。

(どういう夫婦なのかしら？)

エリカは不思議に思った。靖美は、夫がエリカを抱くことを承知で《ブラック・アンディーズ》に移籍させたようなものだ。

(愛してないのかしら？)

そうは思えない。深夜のオフィスで二人が交歓している時に、靖美から電話が入ったことがあった。その時は繋がったままの姿勢で田ノ倉は受話器を取り、妻と会話を交わした。受話器から洩れ聞こえる靖美の口調は温和で、夫婦関係の冷たさを感じさせるものではなかった。

(信頼しているということなのかしら？)

田ノ倉はどう見ても女に不自由するタイプではない。店は繁盛して、金も唸るほど持っていそうだ。どんな女でもよりどりみどりだろう。その彼に、週に一度ぐらいでも熱烈に愛されるというのは、エリカにとって悪い気はしない。しかし一時の遊びだとは割り切っている。

靖美のような凄い美人と対抗するほど思いあがらないだけの謙虚さは持っているのだ。

ところが、突然に彼女の秘密のアルバイトが曝露されてしまった——。

第三章　弟の姉凌辱計画

エリカは偶然に春樹の日記を見つけてしまった。

三週間前のことだ。

その日は英文学概論のレポートを書かねばならないギリギリの日だった。

教授は学生にレポートは必ずパソコンのワープロソフトで書き、ＵＳＢメモリーで提出するよう要求していた。エリカのノートパソコンは、春樹が使っているのと同じ形式のものだ。ひどい機械オンチではあるが、春樹に教えてもらって、今ではなんとかレポートぐらいは書ける。

パソコンのスイッチをオンにしてから、肝心のＵＳＢメモリーがないことに気がついた。何度かレポートを提出しているうち、数少ない手持ちを使い切ってしまったのだ。

（春樹なら持ってるだろう）

弟の部屋に行ってみた。春樹は予備校からまだ帰ってきていないが、パソコンは机の上に置かれている。その周辺を探せば新品のUSBメモリーが見つかるに違いない。

軽い気持ちで弟の部屋に入っていった。

（ふーん、男の子のくせにいつもキチンと片づいて……）

感心してしまう。実際、最近ではエリカの部屋のほうが乱雑きわまりない。

少し後ろめたさを覚えながら春樹の勉強机のまわりを探した。探しているものがなかなか見当たらない。仕方なく机の抽斗《ひきだし》を開けると、一番下の抽斗に何個ものメモリーが小箱に入って整理されていた。

（このなかの、使っていないのはどれかしら？）

それが難しい。ラベルが貼ってあるものもあれば、ないものもある。ないものは新品なのか、それともすでに何か書きこんであるのか。

（ええい、面倒くさい）

ラベルが貼っていないものを取り出して持ち帰り、自分のノートパソコンにまず一個を挿入してみた。

どうやら春樹は色違いのメモリーを使うことで、内容を識別しているらしい。それは使用中のもので新品ではなかったのだ。

失望したものの、表示された『DIARY　二〇一＊年＊月』というタイトルを見てエリカは目を丸くした。

（わ、日記か！）

最初は狼狽したが、一瞬後、がぜん好奇心が湧いた。最近はほとんど会話のない弟が、いったい何を考えているのか、それが知りたいところだったから。いや、エリカはもともとそういう好奇心が強い娘なのだ。弟のプライバシーを覗いてしまうという罪悪感もあまり覚えることなく、収められていたファイルを開いた。

春樹は記録魔のようだ。春樹は一日も欠かさず日記を書いていた。これは先月のぶんだ。たとえば、

『＊月＊日　朝六時まで雨。のち曇り。正午より晴れ。気温（正午）二十・五度、（午後三時）二十二度。湿度（正午）五十五％。

起床七時十五分。朝食はトースト二枚、牛乳、野菜ジュース。四十五分に家を出る。S駅ホームにてドリンク剤一本（百十円）。予備校着八時五十分……』

授業の内容、要点から進み具合、問題点のチェック、やたら細かく一日の行動、思いついたこと、反省、随想めいたことなどがえんえん記されている。その精細さにエリカは驚いてしまった。

（うーん、おやじに輪をかけたマニュアル人間だわい、こいつは……）

父親も細かい性格で、何かをやる前に緻密なプランを立てる。その反動でエリカはズボラになったのではないかと自分で思っている。春樹は父親の血をよく受け継いでいるようだ。

あんまり些細なことばかりえんえんと書いてあるので、少し読んでゆくうちに飽きてしまったが、ザッと目を通してゆくところどころに★のマークがあるのに気がついた。

（これは何かしら？）

たいてい就寝直後、起床直前に記入されている。★★というように連なるところもあるし、★★★と三連続するのもたまにある。

（ひょっとして、これ、オナニー？）

ピンときた。

春樹は外見は非常に優男《やさおとこ》めいて男くささを感じさせないのだが、もう十九歳である。当然、性欲もあるはず。記録魔的な彼が、その処理について日記に記入しないわけがない。

（どれどれ、あいつ、どれぐらいの頻度でやってるのかな？）

★に注目して数えてみた。★のついていない日はめったにない。★★の時、★★★の時があるから、週に平均して十回はオナニーで放出している。

先月の射精回数は合計で五十二回になっていた。とすると年間で六百回を越す計算になる。

（えーっ、そんなにぃ⁉）

弟の性欲の強さに驚くと同時に、少しかわいそうになってきた。

受験浪人である。どういうものか春樹は高校時代もガールフレンドに恵まれていなかったようで、母親が冗談まじりに「春樹はゲイじゃないだろうね」などと口にしたこともあるぐらいだ。エリカは弟が人並みにアイドル歌手の写真集なんかをこっそり秘蔵しているのを知ってたから、ゲイとは思わなかったが、性欲はそれほど強いとは思っていなかった。

（うーん、あんな細い体で……男の子って外見じゃわからないもんだなぁ）

精悍そのもの、男ざかりの田ノ倉でさえ、一度放出してしまうと、二度めの精液は量がかなり少なくなる。

「前の晩に浮気をして、次の日に女房とセックスすると、確実にバレる」

そう言って苦笑していた。今の春樹だとしたら、そんな気遣いは必要ないだろう。

驚嘆しながら次のファイル――最新のものを開いた。エリカは冒頭に書きつけられている文章を読んで、もっと驚いた。

まさか姉に読まれるとは夢にも思っていない春樹は、突然、あの詳細な行動の記録を中止して、ガラリと違った文体で書いていた。

『＊月＊日

もうがまんできない。

昨夜あれを見たことで、ぼくは姉さんに対する考えを変えざるをえない。

姉さんは、とんでもない女だ』

（おいおい、何よ、これ⁉）

エリカは目を丸くした。日づけは一週間前。

『姉さんはおやじやおふくろがいないのをいいことに、好き勝手なことをしている。「春樹の面倒をみる」と言った舌の根も乾かないうちに、ぼくのことなどすっかり頭のなかから消えてしまった。メシの仕度もロクにしない。遊び歩くことに夢中だ。

「バイトで働いている」と言って遅く帰ってくる。本当にそうなら、まぁ大目に見てもいい。おやじが少し厳しかったから、姉さんがこれをチャンスに羽を伸ばそうと、そのための資金を稼ごうとするのは、悪いことじゃない。姉さんが夕食をロクに作らなくても、料理なんかぼくのほうがよっぽどうまい。家事についても文句は言わない。家にあんまりいないことについては、そのほうが気が散らないからいいとしよう。しかし、あんな店でイヤらしい仕事をしているなんて、あんまりだ』

（ええっ⁉）

エリカはショックを受けた。《ブラック・アンディーズ》に勤めていることを、どういうわけか、春樹は知ってしまったようだ。

（ど、どうしてーッ？）

夢見山市はベッドタウンとはいえ人口は四十万。しかも田園町と歓楽街はずっと離れている。店の客層は三十代から四十代のサラリーマンが多い。そう簡単に知った顔に出くわすことはないと思ったからこそ、エリカは田ノ倉の店で働くことを了承したのだ。もちろん受験生の春樹がそんな歓楽街に足を踏みこむことなど、まず考えられない。

『昨日のことだ。ぼくが予備校から帰る電車のなかで、隣の座席に座っていた二人連れのサラリーマンふうの男たちが、一冊の雑誌を両方から覗きこむようにしてヒソヒソと話していた。その会話のなかに、偶然、夢見山女子大という名前が出てきて、ぼくは耳をそばだてた。姉貴と同じ学校の学生が、何か風俗の店で働いていて、この二人はその店に行ったことがあり、その店と彼女のことが、その雑誌に紹介されている——そういうことらしい。

「ほら、いるじゃないか。この子だよ、この子。夢見山女子大の英文科だって子」

「あ、そうそう。その赤いTバックの子ね。いい体をしてたなー」

「ふふ、おまえ、傍にあの子が座ったら、ズボンの前がパンパンになってたじゃないか」

「わ、気がついてた？　だってさぁ、えりなって子のTバックさ、スケスケなんだ。毛がほとんど透けてるんだ。ああいうのって、グッとくるんだよな」

「しかし、ここに載ってる写真は、顔が半分しか写ってないじゃないか」

「当然だ。自分で『いい家の娘だ』って言ってたぐらいだからな。親はどっかの大学教授で、いまは両親が外国に行ってるから、こういうバイトしてるんだって」

「そりゃそうだよな。親バレしたら大変だ。あんな格好で、毎晩、男を喜ばせてるんだから」

「あの子、抱けると思うか？」

「まぁ、二、三回通ってメシでもおごれば大丈夫だって。おれが少し尻を撫でてやっただけで乳首がピンと立って目はトロンとしてたもんな。あそこだって濡れてたんじゃないか。さすがに触るわけにはいかなかったけど」

「おい、降りるぞ」

「あっ、そうか」

男たちは手にしていた雑誌を座席に投げ出すようにして降りていった。

ぼくはその雑誌を手に取らずにはいられなかった。

えりな——エリカとよく似た名前、夢見山女子大の英文科、親が大学教授で両親とも外国に行っている。すべて、姉さんのことに一致する。いい体というのも。

ぼくは何げないふうを装って、しかし震える手でその雑誌を引き寄せた。

「月刊ピンクナイト」という雑誌だった。彼らが見ていたページはすぐわかった。「今月のベスト・プレイスポット」というページで、店の名は夢見山のランジェリークラブ《ブラック・アンディーズ》。店の内部と、働いているコンパニオンたちが写真付きで紹介されていた。その写真を見たとたん、ぼくは頭にカーッと血がのぼった』

（ま、まずい！）

エリカは狼狽した。書き手の春樹とは逆に顔から血の気がひいた。

『月刊ピンクナイト』というのは男の遊び場を紹介するアダルト雑誌で、その取材が来たことは覚えている。さすがにエリカは、誰かにバレたら困るから……と断ったが、田ノ倉が「人数が少ないと寂しいだろう？　頼むから写ってくれ」と、無理やりに登場させたのだ。

写真にハッキリ写りたくなかったから、前の子の頭の陰になって、ほとんど半分ぐらいは隠された写真だったのでホッとしたのだが、肉親である春樹が見ればわかるものはわかる。

エリカにしてみれば、ランジェリークラブというのはピンサロとかピンキャバとは違って、単にセクシーな衣装で客にサービスするだけの、他はごく当たり前のコンパニオンだと割りきっているが、世間知らずの受験浪人である春樹にとって、そんなお店はピンサロやピンキャバと変わらない、わいせつなサービスをする店に見えるに違いない。何せ、そこに写っている全部で十五人の肌も露わなランジェリー姿の娘たちは、思い思いに挑発的なポーズをとっているのだから。

『姉さんは後ろのほうにいたけれど、皆と同じスケスケの下着だ。どう考えても西洋の娼館にいる女だ。売春婦の衣装だ』

（ち、違うってば！）

エリカは困惑した。実際は見せるだけで、客はコンパニオンたちの肌や下着に触れることも禁じられている。そんなことを説明したって春樹は納得しないだろうが。

『記事にはハッキリ書いてなかったが、その気になれば客はコンパニオンの女たちを連れ出して好きにできるようだ。つまり金を払って抱くのだ。姉さんは道理で金まわりがいい。毎晩、男たちに抱かれて金を稼いでいたのだ』

（うーん、ここまで誤解するとは……）

エリカは当惑をとおり越して感心してしまった。二人連れのサラリーマンというのが、いやらしく誇張した会話を交わしていたからだ。

まぁ、コンパニオンも客から口説かれて、その男が嫌いでもなかったら、店が終わってからとか、昼間、店がはじまる前とかにデートすることがないでもない。しかしエリカは一度も誘いに応じたことがない。入店してすぐ田ノ倉に抱かれたことで、他の男に対する興味を失ってしまったから。

しかし、不思議なことに、これまで接した客のあれこれを思い浮かべても、そんな会話を交わした男たちの記憶がない。第一、自分が夢見山女子大の英文科で、親が大学教授だなどと、身の上のことを詳しく喋るわけがない。

（でも、酒を飲まされてかなり酔っぱらったこともあるから、そんなことを喋ったこともあったのかしら？）

そういう疑問は、次の文章を読んでゆくうちにどこかに吹き飛んでしまった。

『昨夜、ぼくは姉さんの帰りを待っていた。帰ってきたら「月刊ピンクナイト」を突きつけて、そんな商売をやっていることを糾弾してやろうと決心した。ところが、二時すぎに帰ってきた姉さんはベロンベロンに酔っていて、玄関のドアを開けたとたんに上がり框のところにぶっ倒れてガーッと寝てしまったのだ。糾弾どころではない』

（あの晩か……）

それはエリカも覚えている。田ノ倉が所用で店に顔を出さなかった夜だ。エリカは客や店の女の子たちと飲みに出かけて、そこで泥酔してしまった。同僚の子がタクシーで送り届けてくれたのだが、エリカのほうはまったく記憶がない。

朝になったらソファに寝かされていて、毛布がかぶせられていた。日記によれば春樹が仕方なく居間まで引きずってゆきソファに寝かせ、毛布をかけてくれたのだ。ドレスは着たままだったので、皺くちゃになってしまった。

意識不明の姉を糾弾しようという意気をそがれた弟は、次の晩にこの文章を書いているのだ。最も衝撃的な部分を……。

『予備校で授業を受けていても、頭のなかに姉さんのあられもない姿がチラチラして、まったく勉強に身が入らない。あの店での下着姿もそうだが、昨夜の酔っぱらった姿は、輪をかけて淫らでイヤらしかった』

面倒くさくて、いつもは着替える下着も、その夜だけは店で着用していた下着をそのまま着けていたのだ。だから春樹は、赤いガーターベルトのサスペンダーで吊られた黒いナイロンストッキングと、赤いパンティを着けた姉の下半身を直視してしまったことになる。

（うーん……あれは確かにまずかった）

思わずエリカが赤くなったのも無理はない。ストレッチ素材のミニドレスの裾は横になると腰のところまで簡単にまくれあがる。

太腿までのストッキングを履いて、パンティ丸出しで酔い潰れている自分の姿は、さぞかしひどい格好だったに違いない。そして、ガールフレンドもできずに悶々として受験地獄を耐え抜いている弟に、どんな衝撃を与えたか……。

その証拠に、その文章の下のほうに★マークが三個連続していた。姉をソファに寝かせてから、弟は三度、オナニーを繰り返したのである。何が刺激になったかは言うまでもない。

『夕方、家に帰ってみたら、姉さんはもう出かけたあとだった。洗濯ものの籠《かご》にはあのストッキングとパンティが丸めて投げ入れてあった。まったくだらしがない。ぼくの目に自分がどう映り、どんな効果を及ぼすかまったく気にしていない。無神経で想像力がないのだ。セックスと金のことしか頭にない牝豚なのだ。あんな女は姉でもなんでもない』

文章が激昂している。その理不尽な怒りがある結論を導いた。

『決心した。姉さんのような牝豚女は犯してやる！』

（えーっ⁉）

思わずのけぞってしまったエリカ。

（な、なんでこうなるのよ⁉）

『姉さんの罪状
①おやじやおふくろがいないのをいいことに、好き勝手なことをしている。
②食事や洗濯などぼくの面倒をみる約束なのに、ほとんどやらない。
③こっそりいかがわしい店に勤めて客とセックスして金をもらっている（らしい）。
④遅くに、酔って帰ったりしてぼくに迷惑をかける。
⑤それに、家にいて目の前を歩かれること自体がぼくの迷惑だ。

結論。

そんな姉は弟に犯されても文句は言えない。

では、どうやって犯してやろうか』

いかにも理科系のマニュアル人間らしく、春樹は綿密に姉を犯す計画を考え、それを記していた。

『①昨夜のように酔っているところを狙うべきだ。
②睡眠薬を飲ませて眠らせる。姉貴が愛飲しているドリンク剤に睡眠薬を溶かしておく。これならアルコールとの相乗作用で、まず大丈夫だろう。睡眠薬はこの前の受験の時、夜型から朝型に直すために医者からもらったのが残っている。
③問題は精液だ。妊娠させてはいけない。犯した証拠を残さないためにもコンドームを使う（自動販売機で買うこと）。
④生理期間でない時を狙わねばならない（洗面所の戸棚にある生理用品をチェック）。
⑤犯したあとは下着等を元どおりにしておく。姉貴は意識をとり戻しても何をされたかわからないだろう。
決行の時期は④しだいだ。

だいたい、帰ってきた時は酔っているからドリンク剤を飲ませることさえできたら、もう成功したも同じだろう』

（なんて恐ろしいこと考えるの。実の弟なのに⁉）

　エリカはバカみたいに口をポカンと開けて呆然としっぱなしだ。

《ブラック・アンディーズ》で働いていること、あられもない下着を着けた姿で酔い潰れていたのを見たことで、春樹のなかで何かがプツンと切れたとしか思えない。

（こりゃ、よっぽど飢えてるのね）

　エリカは溜め息をついた。

　若者の鬱勃《うつぼつ》とした性欲が溜まりに溜まっていて、密室のなかに洩れたガスのように、ほんの少しの火花で大爆発を起こすような状態になっているに違いない。でなければ実の姉を犯すなどという常軌を逸したことを考えるわけがない。

（さて、どうしたものか……）

　それ以来、こっそり春樹の日記を覗くのが日課になった。

（一度は頭にきたものの、冷静になったらそんな恐ろしい計画はとりやめるだろう）

　思惑は外れた。翻意したことは書かれず、それどころか三日後には、『昨日から生理用品に手を触れていない。生理は終わったようだ』と記されている。昨日はドリンク剤に睡眠薬を溶かす実験をして、『ほとんど見た目にはわからない。問題は蓋が開封されてしまうことだが、姉さんはそういう点に注意力は散漫だし、酔っていれば気がつかないだろう』と書いている。思わずムッとした。

(何よ、注意力が散漫だなんて！)

だが、そう言われてみれば、気がつくかどうか自分でも覚束ない。ドリンク剤などいちいち蓋が開封されているかどうか確かめない。手に取ってキュッと蓋をまわしてゴクンと飲んでしまうのがふつうだ。

そして決定的にショックだったのは、決行の時が明記されていたことだ。

『姉貴は金曜の夜、いつもより遅く帰ってくる。酔って帰ってくることも多い。こないだベロンベロンになったのも金曜の夜だ。ということは、今週の金曜——明後日の夜がXデイとして最適ということになる。ダメなら次の金曜だ！』

(じゃあ、今週の金曜、襲われちゃうわけ？　ウワーッ。こりゃなんとかしないと)

弟は計画を着々と進めている。うっかりしていると実の弟に犯されてしまうのだ。

(この日記を見せて「なんなのよ、これはッ⁉」と怒鳴りつけてやれば、ビビッてしまうわ。それが一番簡単だ)

そう思ったが、そうなると弟との関係は完全に決裂だ。問題は彼女に風俗店でバイトしているという弱みがあるということ。自分の行状を中近東にいる両親に報告されたらコトだ。

大学に通報されたら退学になる可能性だってある。風俗店でのアルバイトは絶対に禁止されているのだ。

（さて、どうしたものか……）

第四章　相姦をそそのかす男

弟が自分を犯そうとしている。

そのことをエリカは田ノ倉に洩らしてしまった。

二週間前、田ノ倉は昼間、彼女を呼び出して近郊のラブホテルで彼女を抱いた。

中年男が若い娘を翻弄し尽くすようなセックスがすんだあと、

「何を悩んでいるんだ？」

田ノ倉がそう訊いてきた。顔色や態度から、何か心に引っかかるものがあることに気がついたらしい。

(この人なら、何かいい方法を教えてくれるかもしれない)

エリカはふと、そう思った。

春樹の日記を覗き見してからというもの、弟の顔を見るのも、何か怖いような気がする。

自分が酔って帰らない限り、向こうも無謀なことをしないとわかっている。だから気をつけてこの前のような泥酔状態にならないようにしている。

だとしても、いつ襲われるかわからないと思うと、やはり怖い。今まではおとなしかった猛獣と一つ檻のなかで暮らしているようなものだ。

とりあえず先週の金曜日は酔わずに帰り、ドリンク剤には手をつけず、サッサと部屋に閉じこもってしまった。これでは春樹も手は出せない。しかし、日記によれば諦めてはいない。次の週、また決行するつもりなのだ。

「ちょっと困っているんですけど……」

「ん、なんだ？」

田ノ倉は、体を起こして煙草に火をつけた。

エリカは春樹の日記を覗き見したこと、彼が《ブラック・アンディーズ》の仕事を誤解して、犯そうとして計画を練っていること――などを打ち明けた。

「ふーむ、そうだったか。きみの弟にバレたのか」

田ノ倉は春樹のことを、顔だけは知っている。

一度、自宅へ送り届けてもらった時、ちょうど国道の曲がり角で春樹に出くわしたのだ。

深夜、空腹を覚え、近くのコンビニまでカップ麺のようなものを買いに行った帰りらしい。

「いけない！」

エリカは叫んで田ノ倉の体の陰になるように体を倒した。

「止まらないで、通り過ぎて！」

「わかった」

田ノ倉も春樹の姿を認めて、無関係な車を装ってスウッと走り抜けた。

彼の側からは春樹をよく見ることができた。

次の角で曲がってから車を止め、田ノ倉はニヤリと笑った。

「あれが弟さんか」

「ええ、春樹って言うの。コンビニに行ってきたみたい。ああ、ヤバかった」

確かに中年男の運転する高級外車に姉が乗っているのを目撃したら、春樹としても疑いの目で見ること必定だろう。問い詰められたら説明に窮してしまう。

「なかなかハンサムで、かわいい子じゃないか」

「かわいい？　そんなふうに思ったことはないけど、ちょっと線は細いわね」

「夜食ぐらい、用意しておけよ」

その時は、それだけの会話だったが……。

話を聞いた田ノ倉は、あまり驚いた様子を見せなかった。かえって面白がるような表情を浮かべた。

「ほほう。彼もやるじゃないか。おとなしそうに見えて、姉貴を犯そうという計画を練るとは……大胆不敵。なかなか見所があるな」

「冗談じゃないですよ。私の身にもなってみてください。なんか怖くて……」

「しかしエリカの責任でもあるぞ」

「それは、まぁ……」

『家にいて目の前を歩かれること自体がぼくの迷惑だ』とまで書かれたことは、やはりショックだ。思いかえしてみると風呂あがりにバスタオルを体に巻いただけとか、ブラジャーとパンティだけの格好、あるいはショートパンツでノーブラという格好などで家のなかを歩きまわることはしばしばだった。前は親に注意されたから、それなりに気をつかっていた。春樹の目は姉の肉体に刺激されっぱなしだったのではないか。確かに勉強の意欲を削いだことだろう。

「かわいそうといえばかわいそうなんですよねぇ……」

いろいろ考えているうちに、春樹に対する怒りとか嫌悪感みたいなものが薄れてきた。かえって同情する気持ちがつのってきた。そこがまたエリカのエリカらしい性格なのだが。

「童貞なんだろう？」

「ええ」

「つまり、問題は女の子とセックスできないということなんだな」

「そうなんです。男の遊び場——たとえばソープランドみたいなところに行って発散してくれればいいんですけど、そんな勇気もないみたいだし。私が金を渡して勧めてやるわけにもゆかないし……」

しばらく煙草をふかしていた田ノ倉が、フッと呟くように言った。

「犯されてみたら、どうだ」

「えーっ！　冗談じゃないですよ、マスター！」

エリカは悲鳴のような声をあげた。田ノ倉は自分の半分に満たない年齢の娘の目を見た。

「まじめだよ。おれは男だからね、春樹くんの年頃には同じ経験をしている。だからわかるんだ。放出させてやらないとガスが溜まって、春樹くんは大爆発してしまうぞ。エリカを犯すだけじゃなくて、殺してしまうかもしれない」

「脅かさないでください」

「脅かしじゃない。男の子ってそういうもんだ」

田ノ倉は、春樹の計画を知りながらエリカがわざと犯されることの利点を説いた。

まず、それによって春樹の欲求不満、怒りといったものが解消されるだろう。次に、実の姉を犯した――という秘密を持つことによって、今度はエリカの行状を秘密にしなければならなくなる。自分の肉体を与えることで、エリカは弟と対等になれるわけだ。

「コンドームを使うと言ってるんだから、妊娠の心配もないわけだし、けっこう気くばりしてるところがかわいいじゃないか」

「実のきょうだいがセックスしたら、つまり近親相姦ですよね。世界のどこでもタブーになってることを、私と春樹がしちゃうというのは、やっぱり悪いことじゃないですか？」

「悪いものか。きみが弟とセックスしても、誰に迷惑がかかる？」

「だったら、近親相姦って、どうしてタブーなんですか」

「それはセックスと関係ないんだ。妊娠して出産した場合に問題になってくることでな」

「つまり異常を持った子供が生まれるとか？」

「ふぅ……」

田ノ倉は溜め息をついて首を左右に振った。

「まあ、話がそこまでいったんだから、きょうだいがセックスすることについての問題点を説明してやろう。おれも少しは研究した身だから。近親相姦で生まれた子に異常を持った子供とか知的障害児などが多いというのは、誤った俗説でね、最近の優生学の研究では否定されている。もしきみが春樹くんとセックスして子供を産んでも、その子供は百パーセントに近い確率で正常だよ。俗説は近親相姦を避けさせるために無理やり遺伝病をこじつけたのさ」

「だったら、なぜ近親相姦はいけないんですか？」

「遺伝病ではなくて、遺伝子の問題なんだ。子供は父親の遺伝子、母親の遺伝子を半々に受け継いで生まれる。だからある部分では父親に似ているし、ある部分では母親に似ている。そこで父も母も同じ遺伝子を持っている場合、生まれた子供の遺伝子は両親とそんなに違わない。わかりやすく言えば、血族結婚をつづけると、一族の特徴をよく受け継ぐ、両親と似た容貌、体格、体質の子供が生まれつづける。これはわかるな」

「そうですね。違う遺伝子が入ってこないんですから」

「これは劣性遺伝の因子を凝縮して表面化させる。あ、劣性遺伝因子といっても、必ずしも悪い意味じゃない。表面に出にくい因子という意味だ。たとえばすごい天才の家系があったとする。天才というのはどこにもいるものじゃないから、これは劣性遺伝だ。それに較《くら》べればバカは世間にいっぱいいる。遺伝学では天才が劣性、バカが優性なわけだ」

「えーっ、そうなんですか。目からウロコですね」

「天才の家系が近親相姦をつづけると、そういう劣性遺伝の因子情報が濃縮されてゆくから、天才が次から次へと生まれてくる。人類に都合の悪い因子を持った子孫は、だいたい自分の子供を作れないで死ぬから、最終的には優れた因子のみを持つ子孫が残る。実際、ヒトラーのナチス第三帝国なんかでは、そういう計画があったんだ。世界に冠たるゲルマン民族の純血を守り、優秀な子孫を残すためにね」

「SFみたい。じゃ、近親相姦っていいことじゃないですか」

「見方によってはね。ところが、純血主義というのは一つだけ大変な問題がある。これが近親相姦タブーの発生した、最も根本的な理由だと見なされている」

「どういうことなんですか？」

「違う遺伝子が入ってこないから、最終的には均一の体質を持つ人間ばかりになってしまうだろう？　もし、その体質が特定の病気にきわめて弱いとしたら？」

「そうですね……全滅しちゃうかもしれませんね」

「そういう可能性が高いことは確かだな。つまり人間は、いろんな変化した形を持っていたほうが生き延びられるんだ。ＡＢＯで血液型が四つあるのも、ある病気で人類が全滅する確率を下げるための、進化の工夫だと言われている。現に、アフリカではエイズウイルスに絶対感染しない遺伝子を持つ黒人が、少数ながら発見されている。つまりエイズが世界じゅうに蔓延しても、その人たちの遺伝子を持った子孫は生き延びることができる」

「そうかぁ……いろんな遺伝子を持った人がいるほうが、人類が生存するのに有利なんですね。だとしたら、近親相姦とか純血主義をつづけた側が、いくら天才が生まれても最終的には不利だと……」

「そういうこと。それが近親相姦タブーを生む原因になった。つまり近親間での遺伝子の交換についてタブーがあり、それを避けるためのタブーが生まれたわけだ。昔はセックスが即、妊娠や出産と繋がったからな」

「では、妊娠を考えなければ、近親相姦に害はないと言うんですか？」

「もちろん。きみも健康な肉体を持ち、春樹くんも健康な肉体を持っている。たまたま両親が同じだということを除いて、きみから見た春樹くんは大勢いる男性のなかの一人、向こうから見ても同じことだ。その二人がセックスするのを妨げるものは何もない」

「そう言われても……」

「じゃ、こう考えたらどうだ。弟が生まれてすぐ、その子は迷子になり、離れた土地で養子として育てられた。年頃になって姉と再会したが、もちろん二人は赤の他人同士だと思っている。その二人の間に恋愛感情が生まれたとして、それは不自然だろうか？」

「それは仕方ないでしょうね。だってお互い、きょうだいだと思っていないわけだから」

「そうやって結婚した例は、世界じゅうで何例もあるんだ。ちゃんと子供も作ってね。しかしあとになってきょうだいだとわかったとたん、無理やり離婚させられる。法律があるからといって……」

「それはひどいわ」

「ということは、きょうだいだと知ってセックスしたりするのはよくないけど、知らなかったらいい、ってこと？　真っ暗闇のなかで乱交パーティをやって、そのなかにきょうだい同士が入っていて、知らないでやってしまった。それならいいということになる」

「うーん……それは極端じゃないですか。ふつうは、きょうだい同士でセックスしようという気持ちにはならないんじゃないですか？」

「そうかな。現にきみの弟、春樹くんは猛烈にヤル気だぜ」

「だから困っているんです。私のほうがゾッとするわ」

「どうしてかな。春樹くんは若くてハンサムだぜ。ひと晩に二回も三回もオナニーするぐらい精力もある。いまは受験浪人だけど、大学生になったらまわりがほうっておかない。ガールフレンドができて、いっぱいセックスするだろう。たぶん彼も相手もおおいに楽しむことだろう。だったらいま、どうしてきみがその楽しみを教えてやっていけないことがある？」

「じゃ、彼の計画どおりに私が犯されてやって、それからどうなるんですか？」

「どうにもならないさ。いままでどおりだ。きみは知らないふりをしていればいい。彼も同じようにするだろう。ガスが抜けたら理性が戻る」

「そんな……二人で演技し合うわけですか？」

「家族ってそんなものじゃないのか？　エリカだってこれまで、自分の素顔を春樹くんにさらけ出してきたわけじゃないだろう？　現にいま、ベビーシッターをしていると偽っておれに抱かれている」

「うーん……私はともかく、彼のほうは後悔しませんか？　どっちかというと繊細なタイプだから……実の姉を犯した罪悪感で自殺したりしないかしら？」

「あはは、その心配はないって」

父親のようにエリカの肩を叩く田ノ倉。

「人間は衝動的に犯してしまったことは後悔するが、計画を立てて実行したことについては後悔しないものだ。それにきみは昏睡状態で知らないことになっている。肉体的にも精神的にも傷をつけることにはならないからね。おれが言うのだから確かだ。たぶん彼はセックスがこんなにいいものだと気がついて、生きる意欲、勉強する意欲が湧いてくると思うね」

「そんなこと……本当かしら？」

「それ以外に何かうまい方法があるか？　きみが勤めている限り春樹くんは怒りを滾《たぎ》らせつづける。かといって面と向かって非難したらどうなる？　彼は日記を無断で読まれたことですごいショックを受けるだろう。怒りに目がくらんだら、何をするかわからないぞ」

「お、脅かさないでください」

「家から逃げだすわけにもゆかない。そうしたら、たぶんきみの両親に告げ口される」

「まいったなあ」

エリカは溜め息をついた。

「だけど、できませんよ、やっぱり……自分の弟とセックスするなんて」

「まぁ、考えてみるんだな」

田ノ倉との話はそこまでだった。

以後、彼とはそのことで話し合うことはなかったが、エリカはエリカでずうっと彼の言ったことを胸中で反芻していた。

日記に記されている限り、春樹の欲望がさらに凶悪な方向へとエスカレートしてゆく可能性も感じられる。やはりガスを抜いてやらないといけない。

そうすると、やはり田ノ倉の提案にも妥当なところがあるような気がしてきた。

（私が春樹に犯されてやることで、うまくゆくのだったら……）

自分が昏睡状態を装うなら、田ノ倉が言うように春樹もそれほど罪悪感を抱かないだろう。何よりも、彼に対して心理的な貸しができる。自分が《ブラック・アンディーズ》で働きつづけても干渉するようなことはしないだろう。

（よし……）

決断した。

ただし、田ノ倉には知られたくない。

やはりきょうだいの間の秘密にしておくことだから。彼には自分の決断を告げないことにした。だから、あの時も曖昧に答えておいたのだ。

というわけで、いま、エリカはしどけない格好で居間のソファに横たわって待っている。

弟が自分を犯しにくるのを……。

第五章　汚れたTバック

春樹は十一時に勉強をいったん打ち切り、シャワーを浴びた。

パジャマに着替えてから、かねて用意していた睡眠薬入りドリンク剤の瓶を冷蔵庫に入っている六本のうちの一本と取り替えた。一番手前、それを飲むはずの姉の手がすぐ届く位置に。

（おれは何をやろうとしているんだ）

春樹の心のうちで囁《ささや》く自分がいて、

（いいんだ、これで。姉さんを犯すことで、おれはいままでの自分から脱皮するんだ。もう姉さんの言いなりになる、ひよわな弟じゃないことを、証明してみせるんだ）

そう強く言い返す自分がいる。彼はその二つの声の間で揺れていた。

また机に向かったものの、受験参考書の文字は目に入らない。ひっきりなしに時計を見る。

姉から電話がかかってきたのは十時頃だった。声の後ろでにぎやかな話し声や音楽。たぶん《ブラック・アンディーズ》の店内の喧騒ではないだろうか。

「あ、春樹？　私ね、いまベビーシッターの仕事が終わったの。そうしたら街で飲んでる友だちがさー、美奈子《みなこ》とか小百合《さゆり》とかが一緒に飲もうって電話をかけてきたのよ。だから少し駅前で飲んでるの。ちょっと遅くなっても心配しなくてもいいよ。皆と一緒だから」

「わかったよ。でも、あんまり飲まないでくれよなぁ。この前みたいにベロンベロンになってぶっ倒れて、おれが介抱するような羽目にならないで欲しいな」

「大丈夫だって、大丈夫。じゃあねー」

思ったとおり今夜は金曜。先週はダメだったが、今週はうまくゆきそうだ。

（《ブラック・アンディーズ》という店は、金曜の夜だけ特別に遅くまで営業するのだろうか？）

そう推測していた。いずれにしろ、今夜のエリカは必ず酔って帰ってくる。だとすれば、綿密に立てた凌辱計画を実行するにはもってこいだ。

彼はノートパソコンに日記を開いて、計画の細部をもう一度点検した。

用意するのは、睡眠薬入りのドリンク剤とコンドーム。それは手もとにある。

あとは昂奮に押し流されることなく、冷静に状況を把握しながら実行あるのみ。

「よしっ」

気合を入れてみた。だが、不安が強い。

（もし、途中で姉さんが目を覚ましたりしたら……）

十九歳の若者はこっそり姉の部屋に入ってみた。そうやって侵入するのは初めてではない。エリカが《ブラック・アンディーズ》に勤めていることを知ってから、彼女の身辺を探ってみる気になり、頻繁に侵入している。

そこで発見したのは、夥《おびただ》しい数のセクシーなランジェリーだった。

《ブラック・アンディーズ》では、ランジェリーは最初は二セット支給されるが、あとは自前だ。コンパニオンたちは店の更衣室に売りこみにくる訪問販売のセールスレディや、歓楽街の近くにあるランジェリーブティックで自前の下着を買う。要領のよい子は客にプレゼントさせる。エリカにもひいきの客がいて、パンティやストッキングを何枚ももらっている。そういうのが溜まって、パンティだけでも何十枚という数になってしまった。さすがにあまりにセクシーなものは弟の目に触れないようにこっそり洗って干していたから、彼も気がつかなかったのだ。

ただし、洗うのはある程度溜まってからだから、大きなビニール袋の一つには、汚れたパンティが十枚近く詰めこまれていた。

それを開けた時、春樹は一瞬、気が遠くなった。

ムウッという若い牝の刺激的な匂いに。

エリカは体臭を気にしているから、店に出る時は香水を多めに振りかける。特に腋《わき》の下や下腹部の叢《くさむら》に。だからそれらの布きれには官能的なプワゾンの匂いと、若い娘の肉体から分泌されるものの匂いがミックスされている。

まだ童貞の若者に、そういった匂いは衝撃的な効果をもたらした。

「うーっ……」

彼は呻いた。股間を蹴りあげられたような錯覚さえ覚えた。すさまじい勃起が襲ったのだ。

「うおおお」

夢中で一枚の赤いナイロン製のTバックを裏返しにした。股布にはベットリと白い糊のように乾いたものがこびりついていた。それは春樹の精液を思わせた。汚れ全体は縦に長く、肉体の恥裂に沿って濃褐色のシミを作っている。その部分からは尿のアンモニア臭ばかりではなく、酸っぱいような甘いような、強いて言えば熟成したチーズのような、なんとも形容のつかないやるせないツーンという刺激的な匂いが立ちのぼってきた。その匂いが彼の勃起をうながしたのだ。発情した牝が牡を誘惑する匂いだから、春樹が勃起したのはごく自然なことだ。

その場で春樹は姉の秘部の匂いを嗅ぎながら、猛烈にオナニーをした。大量の白濁液を勢いよく赤い布の、姉の分泌物の上に噴出させた。その時、間接的にではあるが、春樹は確実に姉を犯したのである——。

何枚も溜めてあるので、一枚だけ汚されて別に洗われ、こっそり元に戻されていることをエリカはまったく気がつかなかった。それをよいことに春樹は、それから何度も姉の部屋に忍びこみ、汚れた下着の類を持ち出してオナニーに耽《ふけ》った。

実は今日も、すでに午後、一度、そうやって欲望を遂げていた。

午後、予備校から帰宅してすぐのことだ。その時間、姉は学校なので留守だ。

一番上の一枚を選んだ。明らかに昨夜、店で着けていたTバックだ。同じ赤でも、実にさまざまな色調があることを、春樹は姉の下着コレクションから教えられていた。その日のはカーディナルレッド——俗にアカネ色と呼ばれる鮮やかで深みのある赤色のもので、素材はシルクの総レース。彼は知らないことだが田ノ倉が買ってやったもので、価格が二万円と聞いたら春樹は驚いたに違いない。

自分の部屋で、そのすべすべした布きれでペニスを包みこみ、激しく摩擦をはじめた。

「あっ、うーっ、うむ」

閉じた瞼《まぶた》の裏でセクシーなランジェリー姿の姉が浮かびあがる。春樹に押し倒されて、白い肌が悶えくねる。

快感が限界に達しそうになった時、来客を告げるインターホンのチャイムが鳴った。

(だ、誰だよ、こんな時に⁉)

あわててズボンを穿き、玄関に出た。工事用のヘルメットをかぶり、作業員の服装をした若い男性が立っていた。玄関の前にワゴン車が一台停まっていて、もう一人の作業員が近くの電柱によじ登って何かしている。

「電話局に、お宅に電話が繋がらない――という通報がありまして、点検に来ました。お手数ですが、電話を取っていただけますか?」

「はい、わかりました」

居間にある電話の受話器を持ち上げてみた。ふつうなら聞こえるツーという接続音が聞こえない。二、三度ガチャガチャとフックを叩いてみたが、同じことだ。

「なんか、切れてるみたいですね。ウンともスンともいわない」

「やっぱり、そうですか。おーい、そっちはどうだ?」

電柱の作業員に声をかける。

「外側は異常ありません」という声がかえってきた。

「ということは、屋内の配線に原因があるみたいですね。ちょっとなかに入って調べさせてください」

「あー、いいですよ」

作業服にはどこかの工事屋らしいマークが入っていた。たぶんNTTの下請けなのだろう。怪しむことなく、春樹は二人の作業員を家に入れた。

原因がわかるまで三十分ほどかかった。

固定電話は旧式のホームテレホンなので、電話機は居間、食堂、両親の寝室、エリカと春樹の寝室に五台置かれていた。それらの接続をいちいち計器で確認してゆかねばならないのだという。男二人はすべての部屋や廊下の壁を叩いたり、電話用コンセントを外して線を引っ張り出したり、いろいろなことをしてから、ようやく居間の部分の接続不良だと判断した。

「これで大丈夫です」

「あのー、料金は？」

「たいした故障じゃなかったですから、いくらにもなりません。それは月末に通話料と一緒に請求させていただきます」

春樹はホッとした。手持ちのお金がそれほどあったわけではなかったから。

「じゃあ、お邪魔しましたー」

「どうもご苦労さまでした」

　二人の作業員を送り出してから春樹は首を傾げた。

(あの二人、つい最近どっかで会ったような……)

　しかし、自分の部屋に入って、あわててシーツの下に隠した姉の赤いTバックを取り出したとたん、そんな疑問は吹っ飛んだ。再び勃起したものをくるむ。

　数分後、彼は「おおおー」と呻きつつドクドクと若牡のエキスを噴きあげ、姉の下着を大量の白濁液で汚した。

　──それから数時間しかたっていないのに、いま、また別のパンティを手にした春樹は、再び自慰の快感に溺れたい誘惑を覚えた。ほとんど条件反射的に、彼の牡器官はムクムクと膨張して、ブリーフの内側でテントを張ったようになる。同時に、姉を凌辱するという計画に対する怯《ひる》みも消えた。

(よーし、犯してやる!)

　彼は自分に言い聞かせた。

　その時、窓の外に足音が聞こえた。コツコツコツというハイヒールの足音。近づいてくるそれは、明らかに乱れている。春樹はハッと顔を上げた。

(姉さんだ。やっぱり酔ってる!)

　とたんに心臓が激しく躍りだした。

息を殺した。

ガチャガチャ。鍵を乱暴に開ける音。バアンとドアが閉まる。

ドスン。

上がり框にへたりこんだような物音。

「うぃーッ、ヒック」

ゲップをしたりしゃっくりするのが聞こえてきた。

(こりゃかなり酔ってる。うまくゆきそうだぞ)

ドタドタと廊下を歩いて居間に入っていった。ドシンと音がした。

「あっ、いた……。クソぅ」

悪態をついている。テーブルの角にでもどこかをぶつけたのだ。

やがて台所のほうから冷蔵庫のドアが開閉する音。

(ドリンク剤を取り出した……)

自分の部屋にいて、姉の行動が手に取るようにわかる。

先週は予想に反したが、今夜はすべてが彼の思惑どおりに進行している。

カシャンという音。飲み干したドリンク剤をゴミ箱に捨てたのだろう。そのドリンク剤には睡眠薬ハルシオンが一錠、まるまる入っている。自分でもこっそり実験してみたが、ビールと一緒に飲み干すと、数時間は完全に熟睡してしまった。

（あれだけ酔っていたら、十分もしたら完全に眠ってしまうはずだ）

時計を睨《にら》んだ。

居間からは何も聞こえてこない。どうやらこの前と同じに、居間のソファにぶっ倒れてしまったようだ。

十分間がやたら長く感じられた。

パジャマの上着のポケットにコンドームの袋を突っこみ、春樹は立ちあがった。

自然と足音を忍ばせて階段を下りた。

廊下から居間のなかが見えた。エリカは予想どおりソファに仰向けに倒れこんでいた。

（ウッ！）

姉のあられもなく眠っている姿態が網膜に飛びこんできた。その瞬間、春樹はまた股間を蹴りあげられたような衝撃を受けた。彼女の汚れた下着を手に取った時と同じように、若い牡の血が瞬時に沸騰したのだ。

「くゥー……くゥー……」

鼾《いびき》に近い寝息が聞こえてくる。明らかに熟睡している。

台所のテーブルの上には空になったドリンク剤。底に白い粉がこびりついている。間違いなく、睡眠薬が効いている。

春樹はそうっと居間に入っていった。

二十歳の女子大生は、ソファの背もたれに体の右側を押しつけるようにして仰臥している。肘掛けに頭を載せ、右手が顔の上半分を覆っている。もう一方の手はダラリと床に垂れている。右脚は伸ばして、反対側の肘掛けに踵を載せ、左脚は左手と同じように床についている。

黒い、短いドレスの裾がまくれあがって、太腿の付け根まで丸見えだ。脚にはいつかと同じように黒いナイロンのストッキングを履き、サスペンダーで吊っている。そして秘部には赤いナイロンが食いこんでいた。

パンティは、今日のはより過激なTバックだ。それだと股布の部分が狭くて、秘裂への食いこみも強烈だ。大陰唇が半分ぐらいはみ出している。薄い人工の絹布は蟬《せみ》の羽のように透明だから、股布の二重になった部分以外は押し潰された黒々とした恥叢の状態がそっくり視認できた。

（うー……）

しばらくの間、ズボンの前を膨らませるだけ膨らませてバカみたいにつっ立ったままでいた弟は、ようやく正気に返り、計画の遂行にかかった。

そうっと近づき、姉の肩に触れた。

「姉さん、こら、こんなところで寝て……起きなよ」

少し震える声で呼びかけた。

エリカは軽く唇を開き、全身の筋肉は弛緩して、揺すぶられると首がグラグラした。どう見ても意識不明だ。吐く息からは強いウィスキーの匂い。

「よし……」

思わず呟いていた。

(凌辱開始だ!)

不思議なことに、その瞬間、エリカの唇が薄く笑ったように見えた——。

第六章　濡れきらめく粘膜

（早く来ないかな。でないと本当に眠ってしまうぞ）

　じっとソファに横たわって意識不明の泥酔状態を装うというのも案外苦痛なものである。わざと自分を餌の立場に置いたエリカは、時間の経過がやたら遅く感じられた。

　カチャ。

　二階からドアの開く音が聞こえた。

（春樹だ！）

　サッと緊張が走った。いきなり胸がドキドキする。

　わざと軽く鼾をかいてみせながら、全身を神経にする。

　しばらく静寂があって、ギシッと軋《きし》む音がした。階段の踏板だ。

（降りてきた。様子を見にきたんだわ）

もし何か用があるのなら、そんなふうに足音を忍ばせて降りてこない。トントントンといつものように降りてくるはずだ。向こうも全身の神経を張り詰めさせて、こちらの気配をうかがっているのは明らかだ。

（さあ、早くしてよ。こっちはもう、俎《まないた》の上の鯉になっているんだから……）

鯉にしては呼吸が荒く、喉がカラカラだ。まるで初めてのデートの時、相手がやってくるのを見た時のようだ。

ギシ、ギシ。

階段を降りてきた春樹は、いったんそこで立ち止まり居間の様子をうかがうふうだった。それからスウッと廊下を進み、入ってきた。

（………）

ハッと息を呑む気配がした。ソファにあられもなく横たわる姉の姿を見て、衝撃を受けたのだ。

（うーん、これも相当ドキドキだわね）

生まれて初めて総レースのブラジャーにパンティという姿で男たちの前に出た時もドキドキしたが、こうやって弟の目にTバックの食いこんだ秘部をさらけ出してぶっ倒れている姿を見せるというのも、そうとうにスリリングだ。彼の視線がはだけた胸もと、たくしあげられたミニドレスの裾の部分に集中するのがわかる。

(どうしたのよ)

あんまり春樹が動かないので、ブルッてしまったのかと疑いはじめた時、彼が行動を起こした。思いきったように歩み寄ると、肩に手を当ててきた。ぐいと揺さぶられた。

「姉さん、こら、こんなところで寝て……起きなよ」

少し震えのわかる声で呼びかけ、二度三度と揺さぶった。本当に睡眠薬が効いたのか、確かめているのだ。もちろんエリカは軽く唇を開き、全身の力を抜いている。首がグラグラ揺れ、鼾が高くなる。春樹の目には完全に熟睡していると映ったに違いない。

「よし……」

呟くのが聞こえた。

(引っかかった!)

その瞬間、エリカは不思議な昂奮を覚えた。罠をかけて獲物を待つ猟師も、これと同じ昂奮を味わうのに違いない。

「はあはあ」

身をかがめてきた。弟の体温と同時に荒い息づかいが感じられる。眠っている姉の肉体を自由にする——そう思って激しく昂《たかぶ》っているのだ。

逆にエリカのほうは落ち着きが出てきた。

(こらこら、焦らない。もう少し落ち着いて計画どおりにやるのよ)

内心、ほくそ笑みながら、この場をリードしているのは自分だという自信が湧いてきた。

春樹は、彼女を部屋まで移動させず、この場で犯そうと考えているらしい。目を覚ました時に疑われないためには、それが一番だ。

「………」

最初に触れてきたのは胸だ。やはり仰向けになって胸を突きだしている姿勢だから、ごく自然に手が伸びたのだろう。

最初は目を覚ましてしまうという懸念のせいか、おそるおそるという感じで触れていたのが、やがて弾力に富んだ肉丘の魅力に我を忘れたように、力をこめて揉むようにしてきた。

(う……)

ドレスとブラジャーごしにではあるが、乳房を摑《つか》まれ揉まれては、感じないわけにはゆかない。幸か不幸かエリカはどこを触られても簡単に感じるタイプなのだ。

(こいつは大変だ)

ただドタッと死んだように寝そべっていればいい——と思ったのはとんだ間違いだった。

触りまくられ、敏感なところをいじりまわされながら、それでもなお昏睡状態でいるよう演技するというのは至難の業なのだ。

意識はともかく、体が勝手に反応してしまう。乳首はみるみるうちに勃起して硬くなりブラジャーのカップとドレスを突きあげてしまう。

（ま、まずい……）

かくなるうえは、意識を失っても女の体というのは勝手に反応するのだ――と、春樹が思ってくれるのを期待するだけだ。童貞だから、意識不明の女性がどんな反応を示すか彼にはわからないだろう。そう思うしかない。

「はあはあ」

呼吸も荒く、春樹は姉の体を愛撫してゆく。シャワーを浴びたらしい。彼の肌からは石鹸の匂いがする。一方、《ブラック・アンディーズ》の熱気のなかで動きまわってきたエリカの体からは、若い、娘ざかりの体臭がムンムンと立ちのぼっている。それは童貞の少年の欲情を極限まで燻《いぶ》りたてずにはおかない、魅惑的な、強烈な美酒の芳香に等しい。

「…………」

いきなり、だらりと垂れていた左手を持ちあげられた。何をするのかと思った次の瞬間、さらけ出された腋窩《えきか》に弟の顔が埋《うず》められた。

（ひっ……）

危なく声をあげてしまいそうになった。春樹は魅惑的な匂いの源泉に鼻を押しつけてきた。

息を吹きかけられただけでビクンと飛びあがりそうになる。その敏感な場所に、カーペットに膝をついた弟が鼻を押しつけたかと思うと、今度は唇を……。

(こりゃ拷問だわ……)

(や、やめてよう。くすぐったいっ)

腋窩の周辺を舌で舐めだした。

(うわわわ)

くすぐったさをこらえようとすると唇を嚙みしめなければならない。それでは昏睡の演技がバレてしまう。

(ええい、寝返りぐらいならいいだろう)

腋窩への攻撃をかわすために、エリカは寝返りを打った。

「うーん」と唸りながら、体全体を回転させてソファに腹這いになるようにする。

「う」

春樹は仰天したようだ。つい夢中になって姉を目覚めさせたかと思ったのだろう。凍りついたように硬直した。

「ふうっ」

単に寝返りを打っただけなのだと思って、安堵の吐息をつく。

「………」

今度は投げ出された脚だ。床についているほうの右脚の先端から指でストッキングに包まれた肌を撫であげてくる。

（こ、これもくすぐったい……）

膝の後ろを触れられたら、どうしてもピクンと反射的に動いてしまう。もっとも、それは弟も反射的な動きだと認めているせいか、あまり驚かない。

彼の手は太腿を這いあがってきた。やがてサスペンダーで留められた部分を越え、むっちりとしてなめらかな白い柔肌に直接タッチしてきた。

「あー……」

思わず溜め息をついてしまった。

うつ伏せになったおかげで彼女の顔は両腕に埋められた形になっている。表情を見られる恐れが少なくなった。それでも声が出そうになる。ミニワンピースの裾が思いきりたくしあげられて、Tバックが食いこんだ臀部《でんぶ》はもうすっかり丸出しだ。

弟の手がそのまるみを撫でる。赤い、薄いナイロンに包まれた部分も、包みきれない部分も。

　時にうやうやしく、骨董品の陶器を愛でるかのようにそうっと、時には家畜商人が家畜の肉づきを確かめるかのようにグイグイと、撫でたり揉んだりするのだ。生まれて初めて成熟した女性の肉体——特に臀部に思うさま触れることのできた歓びが、掌から伝わってきた。

（よしよし、好きに触りなさい。揉みなさい）

　奇妙な母性愛的な感情が湧かないこともない。しかし、弟の目に触れることを予想して着けてきた挑発的な赤いTバックは充分薄く、ヘアの形状は布地ごしに透けて見える。車のなかで田ノ倉に愛撫された時に一度湿り、いままた春樹に全身を触られて、もっと湿ってきている。いや、濡れてしまっている。クロッチの部分に明らかに楕円形のシミが広がっているのがわかるはずだ。

　股の付け根に掌がさしこまれ、グイとこじ開けられた。

（うわ）

　これで秘唇を覆う部分がすっかり春樹の視野にさらけ出された。

「お」

　春樹が息を呑んだのがわかる。姉のその部分が濡れていることに気づいたのだ。

「へぇー」

　感心している。昏睡しているくせに肉体が反応していると思い、感動を覚えたのだろう。

（もうー、早くすませてよ）

最初の予想では、春樹は奔馬のごとく姉の体に挑みかかってくる——と思ったのだが、予想はまるで外れてしまった。童貞の弟は、絶好のチャンスとばかり、姉の肉体の感触、匂い、熱、そして微かな吐息までを楽しんで味わっている。

やがて、ようやく第二段階に進むことを決意したようだ。

「よいしょ……」

エリカの体を回転させて、また仰向けにする。全身の力を抜いているので、体はずっしりと重く、春樹はまさかエリカが目を覚ましているなどとは疑ってみもしない。

ソファの上に、両腕を揃えた姿勢で仰臥させられた。両腕を揃えたのは、ノースリーブのワンピースの肩の部分を外すためだ。つまり胸に対する攻撃の再開である。

袖を肩から外して襟ぐりの部分を下へと押しやり、パールピンクの四分の三カップのブラジャー——サイズは85Ｄ——に包まれた双丘を露出させた。次いでブラジャーのストラップを左右に外して、カップを下へと押しさげる。勃起したバラ色の乳首を頂点に載せた白い丘が二つとも、童貞の少年の目の前にすっかり露わにされた。

「ああ……」

声にならない、呻きに似た感動の声を洩らして春樹は姉の右の乳首に吸いついた。

(きゃっ。うわ、あー、そんなに吸わないでよ。うっ、か、感じるうっ)

ビビビビ。電流のような快感が全身を走り抜け子宮を収縮させる。

必死になって体が反応するのを自制しているエリカ。おかまいなしに春樹は乳首を吸い舐めしゃぶり、同時にもう一方の乳房を揉みしだいた。そして堪能すると、今度は左の乳首を……。おかげでエリカの秘唇からは愛液がたっぷり溢れ出て股布のシミをさらに広げてゆく。

「はあ、はあ……ふうっ」

ようやく乳房について満足した少年は、ついに姉のパンティを剝ぎ取ることを決意したらしい。姉に覆いかぶさっていた体勢から体を起こし、床に膝をついた。だらしなく開いていた腿を閉じ合わせるようにして、Tバックの腰ゴムに手をかけてきた。

(ああ、とうとう……)

さすがに秘部を覆っているものを脱がされると思うと、不思議な昂奮が湧いてきた。

「ん……」

臀部を浮かせるように力を入れて持ちあげ赤い布きれを脱がせにかかった。思わず腰を浮かせて協力しそうになるのを自制して、死んだようになっていると、完全に裏がえしになる形で下着を剝かれ、エリカの下腹部は弟の視野にさらけだされた。

「…………」

裏返しになった下着をそのままグイと引いて爪先から抜き取ってしまう。

「ああ」

若者は感動の声を洩らし、エリカの背もたれ側の脚――右脚を持ちあげた。
(ワッ)
目を閉じて昏睡状態を装ったままのエリカは表情を変えないようにするのに必死の努力が必要だった。左脚は床につく状態のL字形で、右の爪先は背もたれの上に乗り、右脚全体は逆L字形になっている。彼女のもはや覆うものがない股間は、秘唇を露骨に見せる状態で割り裂かれているのだ。

「おお……うーん……」

春樹がしきりに唸っている。初めて見る若い女性のその部分の眺めに、ひとしきり感心しているのだ。顔を近づけているらしく、熱い息が秘毛を震わせる。

「うーん……」

また無意識の寝返りを打つ演技をしてエリカは上半身をくねらせ、両腕を顔の前で交差するようにした。こっちも激しく昂奮しているから、いつ、どんなふうに反応するかわからない。表情を隠すためだ。

「へぇー……」

春樹はマジマジと姉の秘部に見入っている。指が縮れた秘毛を掻き分けて、秘唇の形状を露わにする。エリカの秘毛は濃いのだ。

(ああ、春樹ぃ、そんなに熱心に私のあそこを見ないでよ。あっ、あっ、すっごく溢れてきてる……)

子宮が反応して、膣口からトロトロと愛液が溢れ出してゆくのが自分でもわかる。春樹はその源泉を見て驚嘆しているのだ。

「ふーん……ふむふむ」

解剖学的な興味をそそられたらしい。指を使って小陰唇全体を広げる。膣前庭の美しい珊瑚色の粘膜が濡れきらめいている様子。膣口から薄めた牛乳のような白い液がトロトロと溢れ出し会陰部まで濡らしてゆくさま、そして全体から香りたつ、よく醗酵《はっこう》したヨーグルトのように甘酸っぱく鼻を刺激する匂い。エリカのそれらすべてが春樹を魅惑している。

「はあー」

何度も感心したような声を出す。たぶん、一つのことを確認するたびにうなずいているに違いない。

(こらこら、感心してないで、早く、先に進みなさいよ)

エリカはまるで自分が小学生の時にやった自由研究の対象にした野の草花になった気がし

た。それはそれで悪い気はしないが。

　全体を眺め、時にはクンクンと鼻を鳴らして花弁から立ちのぼる香気を嗅いでいる。それがエリカの羞恥を煽る。これまでのセックスでは、あまり男に性器を見られても感じなかったのだが、今夜は不思議に羞恥心が湧き起こり、昂奮が倍化してゆく。

　春樹は、今度は細部の点検に入った。最初はクリトリスだ。それは充分に充血して膨張し、小豆大《あずき》に勃起しているから、容易にわかったに違いない。膣前庭を指先でなぞる。

（ひーっ。た、たまんない……）

　クイクイと指先でクリトリスをつままれた。反射的にエリカのヒップが跳ねた。

「う」

　びっくりして指を離した。

（あう、やめてよ、もう……）

　春樹はやめない。膣口を指で探り、人差し指が侵入してきた。

「はあー」

　また感心している。これならペニスが容易に入るとでも思ったのだろう。

（あ、あんまりなかに入れないで。ううっ、反応しちゃう）

　襞々《ひだひだ》のある膣内壁はまったく意識しないのに侵入してくる指を包みこみ、締めあげる。

田ノ倉はよく感心したものだ。「おまえはなかなか名器だぞ。入ってくるものを迎えうつように反応する。いまどきの若い娘にしては珍しい」と。

彼に言わせると、そんな反応を示す膣というのにはなかなかお目にかかれないという。

しばらく指を押しこんで掻きまわしていた春樹が、それを引き抜き、ようやく立ち上がった。

エリカは顔の上に載せている両腕が作る隙間からこっそり目を開けて弟をうかがった。薄目を開けてみたのはこれが初めてだ。

春樹はパジャマ姿だった。床に直立してそのズボンとブリーフを一緒に脱ぎ捨てた。

(うわー、すごい)

彼の股間が剝き出しになった。弟の勃起したペニスが目に飛びこんできたからだ。

田ノ倉のサイズには及ばないが、仰角を保って血管を浮き立たせ、包皮は完全に翻展《ほんてん》して亀頭は充血しきっている。その色がすごく新鮮だ。田ノ倉は黒ずんだ赤紫色で、いかにも荒淫を感じさせるのに較べ、春樹のそれは全体にピンク色、亀頭部はそれの赤みがかった色で、さらに尿道口から溢れる透明な液で濡れてキラキラ輝いている。

(凜々しい……)

感心してしまった。感動してしまった。田ノ倉のような凶悪なふてぶてしさは感じられない。まさに初陣を控えて武者震いしている若武者のよう。柔肉を切り裂くことだけしか考えていない肉の槍、あるいは鉾《ほこ》。

　血走った目をしている春樹は、パジャマの上衣は着たままだ。その胸ポケットから包装されたコンドームを取りだした。

　包装を引き裂き、コンドームを取りだす。それを自分の怒張器官にかぶせた。

（うーん、そうじゃなくて。そうそう……）

　初めて装着する春樹の不器用さにエリカはじれったくなった。彼女の全身は早くも弟の器官で貫かれることを期待して燃えている。

「よし」

　薄いゴムの皮膜をかぶせて、それの根元を片手で支え、春樹はのしかかってきた。

　童貞の少年が初めて女性を貫く時、かなりまごつくものだ。膣口の位置を探りあてるのが困難だからだ。春樹は貫く前にじっくりと観察したおかげで、すぐに的確なポイントに亀頭の先端を押しあててきた。

（そうよ。そこ。さあ、来て！）

　エリカは気づかれないように股を広げてヒップを浮かすようにしてやった。秘唇は大きく広がり、極限まで勃起しきった器官はぐいと膣口をこじ開けて充分に潤っているエリカのなかへとめりこんできた。

「おお。はうっ、うー……」

体重がかかってきて、ズブズブという感じで亀頭先端部が嵌入《かんにゅう》する。アッと思った時にはもう根元まで挿入され、

(うわー、私、弟に犯されてる。完全に)

エリカは言い知れない感動に酔った。

「ふー……」

姉と一体になった感激を味わうかのように春樹もしばらくジッとしていた。やがて、少しずつ抽送《ちゅうそう》を開始した。すぐにそれはストロークの大きい、リズミカルなピストン運動となる。

「おおう、おーう、ああ、あーっ、はあっ」

春樹はもう姉が目覚める懸念など忘れてしまったように、夢中になっている。エリカの柔肉が与えてくれる快美な感覚にすっかり酔いしれている。満喫している。

(楽しむがいいわ、春樹……あっ、ううー……)

エリカは自分の体が男に歓びを与えていると知ると、それが自分の歓びになって返ってくる——という性格だ。だからいま、弟が夢中になって自分の肉を貪っていることに、激しく昂奮してしまった。無意識のうちに腰が跳ねあがりそうになる。

「ううっ、わーっ、あああ、姉さんっ！」

　突然にそう叫んだかと思うと体の上にのしかかっている春樹の肉体が痙攣《けいれん》した。

（えーっ、もう⁉）

　エリカは不意を衝かれた。ピストン運動は十回ぐらいなものだったのではないか。あっけなく童貞の少年は昂奮の極限に達して射精したのだ。

「姉さん。姉さんッ。ああー」

　ふだんは「姉貴」と呼んでいる弟が、まだ小さい頃にそうだったように「姉さん」と呼びながら射精している。それがまたエリカを喜ばせた。

「ああー……」

　感きわまった声とともに、ドクンドクンと薄いゴムの皮膜をとおして熱い液が断続的に噴射されてゆく。

（思いきり出しなさい、全部……しかし、感激だな、これは……）

　グン、グン、グーンと下腹を押しつけるようにしている弟のしなやかな肉体に走る痙攣と震え。エリカは思わず彼の体を抱き締めたくなる衝動と闘わねばならなかった。

「あー、ふうっ」

　春樹の体から力が抜けた。グタッとエリカの上に体重がかかって、思わず、

「うっ」

呻き声を嚙み殺した。弟の肌は汗で濡れている。エリカにしてはひどく短い時間だったが、春樹にとってはそうではなかったのかもしれない。

「ふうふう、はあはあ」

荒い息をつきながらしばらく姉の体の上で動かないでいた春樹は、やがて姉と結合していた器官を引き抜いた。

(もの足りない……)

エリカにしてみれば、快感を充分に味わっていないのだ。これからという時に射精されて子宮は欲求を満たされずに疼いている。とはいうものの、もっと感じていたらエリカは声をあげていたに違いない。

「ふうっ」

春樹は立ち上がった。薄目を開けて見上げると、向こう向きに立った春樹はコンドームを取ってかざすようにした。

「ずいぶん出たなー」

感心したように呟き、ティッシュペーパーでそれをくるみゴミ箱に捨てた。次に股間を拭う。それからブリーフもズボンも穿かず、下半身丸出しのまま、カーペットにドタッと仰向けになった。重大な任務――未踏の高峰に単独で登頂するといったような――を達成した者が休息を求めるかのように。

（まだ、萎えていない）

股間の器官は屹立というほどではないが、なお仰角を保っている。改めて春樹の若さと逞しさに驚嘆した。外見はヒョロッとして華奢に見えるが、性的な逞しさはまた別のものなのだ。週に十度の放出をこなしているのだから。

（うーん、これで終わりというのは……）

春樹は目を閉じている。その表情は満足しきって微笑している。ふいにエリカは幼い時の弟を思いだした。まだ「姉さん、姉さん」と呼んで、一つ年上だがどんどんと大人びてゆく姉にまつわりつき、何かと頼ってきた頃の弟。久しぶりに顔に浮かんだ微笑は、その頃の思い出に繋がる。エリカも彼も、双方がまだ相手を邪魔者だと思っていなかった頃の、甘美な記憶の数々――。

春樹は立ち上がった。エリカは、欲望を満たした弟が立ち去るのだとばかり思った。

彼は身をかがめて姉の顔に自分のを近づけてきた。優しく顔を覆っていた右腕がのけられる。

（あっ……）

あわててしっかり目を閉じた。

囁きと同時に彼の唇が自分のに押しつけられた。

「姉さん……」

(えーっ、弟が私にキス……)

熟睡している身としては、やはり反応するわけにはゆかない。

弟の舌は、もともと半分開いていた唇からやすやすと口のなかへと滑りこんできた。

強く吸われた。口のなかで舌が動きまわる。

(こいつ、ひょっとしたらファーストキスかな……)

ぎごちない舌の使い方だ。

唇を吸いながら、ぐいと体重をかけてきた。

(おっ?)

エリカはまた予想外の動きに驚いた。

春樹がのしかかってきた。彼の器官はまた脈打ちだしていた。

(えーっ、もう一度やる気?)

姉の下腹、柔らかい秘毛の丘とその麓の谷に一度放出を遂げた器官を押しつけて摩擦させていた春樹は、数分後、立ちあがるとまた隆々と怒張したそれに二つめのコンドームをかぶせはじめた。

(うわぁ、もう元気だ！　今度は感じないフリをしている自信はないわ)

エリカは不安におののきながら、同時に嬉しい気持ちもこみあげてきた。

(表情の変化を悟られないためには……)

方法は一つしかなかった。

「うー……ン」

唸り声をあげて、ゴロリと寝返りを打った。仰臥の姿勢から、腹這い気味に、ソファの背もたれに縋《すが》りつくような姿勢をとったのだ。それで仰向けにされるのに抵抗しようというのだ。

「！…………」

ギョッとして体を硬直させた春樹は、姉がただ寝返りを打っただけだと知って、ホッとしたようだ。

そうなると、凌辱の体位は背後から攻めるしかない。

「…………」

腰と尻をかかえるようにして、股を広げにかかってきた。

(きゃ、蛙みたい……)

左脚は背もたれの上のほうまで持ちあげられ、右脚は膝が床につくまで落とされて、股は裂かれたようにパックリとすべてを露呈されている。

そうとう恥ずかしい格好である。

春樹は床に膝をつき、姉の下半身をソファから持ち上げるようにして腰を股の間に入れてきた。薄いゴムで包まれた、熱い、硬い、ズキズキと脈動するものがまた膣口へとあてがわれた——。

第七章　強姦願望の芽生ぇ

翌日、春樹は寝坊した。

目が覚めた時は、もう昼に近い時間だった。

（いけねぇ、寝すごした！）

それから、昨夜のことを思いだした。

睡眠薬を飲ませて昏睡させた姉を、三度、犯したことを。

（あっ、姉さん、まだソファに？）

充分に牡の欲望を満たしたあと、まだ意識をとり戻さないエリカのランジェリーを元どおりにして、体には毛布をかけて自分は寝室に引きあげたのだ。

自分は凌辱の疲れで寝過ごしたが、姉も睡眠薬の作用でまだ眠りつづけているかもしれない。

起き上がって耳をすませてみた。シンとしてなんの物音もしない。心配になってきた。

(まずいな。睡眠薬とアルコールの副作用か何かで、発作を起こしたりして……)

起きて階下へと行ってみた。

驚いたことに、姉の姿はなかった。彼女の部屋を覗いてみると、昨夜かけておいた毛布はキチンと畳まれてベッドの上に置かれている。

(じゃ、おれより早く目を覚ましたわけか)

フラフラした頭でキッチンに行くと、食卓にエリカの残していったメモが置かれていた。

『春樹へ。

昨夜は酔っぱらってたみたいでごめん。毛布かけておいてくれてありがとう。

今日は友だちと約束があるので、フラフラしてるけど先に出かけます。ハムエッグと野菜炒めを作って電子レンジにいれておいたからね〜。8時AM』

(えーっ、珍しいこともあるもんだ)

土曜の午前中はいつも遅くまで寝ているエリカが、朝の八時に出かけていったとは。

(よく、ちゃんと起きられたな)

春樹が三度めの凌辱をすませてベッドに戻った時は、もう三時をまわっていた。その時は姉はまだ眠りつづけていた。しかし、犯されている最中に「ああ」とか「ふう」とか、唸り声や溜め息のようなものをしきりに発していたから、睡眠薬の効果は薄れてきていたのかもしれない。実際、二回め、三回めの時は、つい夢中になって激しく腰を使っている時に女体がビクンと動いたりして、春樹は何度かドキッとしたものだ。

（まぁ、ぼくのほうは三度イッたから大変だったけど、姉さんは寝てただけだから、エネルギーは使わなかったわけだし）

そして、こういうふうにメモを書き残していったということは、姉は自分の身に何が起こったか、まったく気がついていないということだ。

（そのはずだ。コンドームを使ったから精液は残っていないし、汚れた部分は綺麗に拭ってパンティはちゃんと穿かせておいた。まさか寝ている間に犯されたなんて思うまい）

どうやら計画どおりにいったようだ。春樹はホッとした。

姉とすぐに顔を合わせずにすむ――ということで気もラクになった。

シャワーを浴び、食事をすませても予備校に行く気にならない。結局、休むことにした。

ベッドにゴロンと転がってボーッと昨夜のことを思いだす。

姉の柔らかい乳房、尖って硬くなった乳首、サラサラした恥叢の感触。クラクラするような甘酸っぱい、髪、項《うなじ》、腋窩、秘部から発散する匂い。そして、意識がなくても体が自然に反応しているのだろうか、夥しい愛液を溢れさせながら、弟の欲望器官をギュ、ギューッと締めつけてくる粘膜。その快美な感覚は童貞だった若者を天にも昇るような気持ちにさせた。

(あれが、女性の——姉さんの肉体なのか)

これまでただ想像していただけの若い女性の肉体を実際に匂いを嗅ぎ、目で見、自分の手で弄び、ペニスで貫いてみると、想像の百倍もすばらしいものだった。

(あれで、もし姉さんがちゃんと目を覚まして、反応してくれたら……たとえばフェラチオとか……)

もの足りない思いがこみあげてきた。

それはこれまで、毎夜のように想像してきたことだ。姉を凌辱するというアイデアが閃《ひらめ》いた時から、春樹は何度となく姉をさまざまな状況に置いて犯しつづけてきた。

強制的に口のなかにペニスを押しこんで奉仕を要求するイラマチオは言わずもがな、妄想のなかでは、美しく魅力的な姉は、実の弟の自分によって肛門まで犯されるのだ。

いや、犯すだけでは足りない。全裸にして縛りあげ、常に自分を魅惑し惑わす、女らしさの充満したあの臀部を鞭打つことさえ空想した。泣きわめき許しを請うのもかまわずに艶やかな恥毛を蠟燭《ろうそく》の火で炙《あぶ》り、最後は犬をけしかけて犯させ、自分はその顔に勢いよく精液を噴射させて汚す——。友人やレンタルビデオ屋で借りたアダルトビデオの、自分がすごく昂奮したシーンが組み合わさった妄想の世界でエリカは何度、凌辱されたことだろう。

（それに較べたら、昨夜やったことは、実にみみっちいことだ）

実の姉を犯して童貞を捨てた少年は、罪悪感を覚えるよりも、さらに強烈な凌辱願望を覚えた。寝起きの若い器官が淫猥な妄想でさらにギンギンに勃起してしまう。

（とはいうものの、今度のようなことでさえ、そう何回もできるわけじゃない）

いくら注意力が散漫でも、ドリンク剤を飲むたびに意識不明になり、朝までソファにぶっ倒れてしまうことに気がつけば、エリカだって怪しむことだろう。

（でもなあ、大勢の男が、これまでも姉さんの体を楽しんだに違いない。このぼくがどうして禁じられるんだ）

不条理な怒りのようなものさえ覚える若者だった。

そして、唐突に一つの結論に飛躍してしまった。

（今度は、堂々と、意識のある姉さんを犯してやろう！）

——エリカが弟の日記を覗き見するチャンスを得たのは、日曜のことだ。

春樹は予備校の特別授業を受けているので、日曜日も出かけてゆく。ゆっくり朝寝坊したエリカは、弟が出かけたあと、彼の部屋に入っておもむろにノートパソコンの電源を入れた。

（あいつ、私を犯して、どんな気持ちだったのかしら？　これで少しは気がすんだのかしら？）

昨日、今日と姉弟が顔を合わせた時間は少ない。視線が合うと、春樹のほうは何か眩《まぶ》しいものでも見るような感じであわてたように逸らす。しかしエリカが気がついていないと思うと、ジーッと姉の肢体——乳房や臀部を眺めている様子。エリカはいつもどおりに振るまっている。それでもふいに弟のズボンの股間に無意識に目がいったりして、思わず顔を赤くして目を逸らしたこともあった。

(犯されたことを私が知っているというのは、永遠の秘密にしておかなきゃ……)

そう思っているのだが、それをまったく態度に表さないというのは案外難しいものだ。

——日記用のUSBメモリーを挿入すると、やがて、ワープロソフトの画面に、弟が記した最新の部分が表示された。

最初の部分には、眠っている姉を犯した時の、感動と昂奮が克明に記録されていた。

いかに姉の肌が柔らかく、弾力性に富んでいて、すべすべして、綺麗なものであったか。

いかに姉の体の各部から、魅惑的な匂いが発散していたか。

いかに姉の、秘毛に縁どられた性愛器官が魅力的な眺めを呈していて、鮮やかなピンク色の粘膜が美しく濡れきらめいていたか。そして、自分の器官をどのように締めつけてきたか。

姉の吐息、微かな呻き声が自分をいかに昂奮させ、射精を早めてしまったか。

『姉さんの体は最高だ!』

そう記されて結ばれた賛美の文章は、エリカを悦《よろこ》ばせた。

（こんなに悦んでくれたんなら、決心して身を任せた甲斐があったというものだわ）

だが、その直後の文章を読んだとたん、エリカは思わず眉をひそめた。

『この体を、姉さんは他のくだらない男たちに気安く与えているのだ。これは犯罪だ』

つまり、実際に姉の肉体に触れてみたことで、独占欲が生じたらしい。嫉妬と同じだ。

（ありゃまぁ、満足したと思ったら、こんなふうに考えるわけ？　困ったな）

エリカは眉をひそめた。しかし次の文章には、まったく仰天させられた。思わず悲鳴に近い声をあげてしまったほどだ。

『今度は姉さんを意識のある時に犯してやりたい。フェラチオもさせるのだ。昨夜のは犯したうちに入らない。本当に犯す――レイプ作戦を考えよう』

（な、なんてこと考えるのよ！　あれでまだ足りないの!?）

エリカは突然の飛躍に呆れかえってしまった。春樹の過激な文章はつづく。

『姉さんに、ああいったいかがわしい勤めを辞めさせ、肉体だけ目当ての獣のような男たちから引き離すためにも、姉さんはぼくにレイプされなければならない！　このレイプは、堕落する姉さんに対する懲罰であると同時に、堕落から救うための救済行為でもある。断じてただのレイプではない。それは一つの愛の行為だ』

（ちょっと、それってどういうこと？　頭がおかしくなったんじゃないの？　春樹は）

文章の意味が理解できず、エリカは「うーん」と唸って、頭をかかえてしまった。

しかし、その次からは一転して冷静で理知的な文章に戻っている。

『姉さんをレイプするには、いろいろな問題点がある。

まず、ぼくとはわからずに、誰か正体不明の人間に襲われて――という形で実行しないといけない。としたら、この家のなかよりは家の外で襲うほうが自然だ。

家の外で周囲に人がいない状況――というと、姉さんが《ブラック・アンディーズ》の仕事を終えて帰ってくる時以外にない。

この時間帯は好都合だ。ほとんど真夜中近い時刻だ、人通りはめったにない。

ぼくの部屋は玄関の真上だから、姉さんが帰宅する時は物音でわかる。これまでわかっていることは、この時間、バスはないのだから、タクシーか誰かの車で送ってもらってるはずだ。しかし、家の前に車が停まって、そこで姉さんが降りてくる――という状況は一度もない。家の前の道が袋小路だから、姉さんの性格としてたぶん手前の交差点のところで降りているのだろう。ということは、ほぼ五十メートルを歩いてくることになる。

その間に襲うことは可能だろうか？　ちょうどいま、角から二軒目の区画が新築中だ。空き地になっているし、資材などが積まれている。あそこに連れこめば……』

「まったく、もう……」

自分が弟によって襲われる――というレイプ計画を読みながら、エリカは感心してしまった。あいかわらず春樹は論理的だ。まず障害となる問題点を検討する。

『正体を隠すのは、そんなに難しくない。こっちの顔は覆面で隠す。そして姉さんには襲撃の早い段階で目隠ししてしまう。それで視覚的に正体を隠せる。問題はぼくの声だ。できるだけ声を変えて、しかも一言か二言ぐらいですませなければいけない。

次は悲鳴だ。大きな声を出されないようにしなければいけない。

後ろから突然に襲いかかり、口を塞ぐのがふつうだろうが、これは失敗する可能性が高い。もっと確実に、瞬間的に口を塞ぐ絶対的な方法を考えないとダメだ。

それと格闘にならないようにしないといけない。か弱い姉さんでも、犯されると思えば抵抗する。たとえば顔をひっかかれたら、それが証拠になって正体がバレてしまう。だから早い段階で抵抗する気力を喪失させなければいけない。武器のようなもので脅かし、震えあがらせるのが一番いい。

コンドームはどうするか。レイプでコンドームを使うというのは考えられない。使ったらかえって疑いを招くだろう。ということは、妊娠しない期間に襲うしかない。とはいうものの、生理中はまずい。生理が終わった頃というタイミングが一番だろう。

最後に、犯された後の姉さんが、警察に駆けこまないようにするということ。警察に訴えるということは、姉さんの夜の行動が明らかになるわけで、その可能性は少ないが、あまりにもひどい目に遭った――と思われたら、その恐れはなきにしもあらずだ』

最後の文章を読んだ時、エリカはもう、驚きの声も出なかった。

『この計画は、すべて姉さんのためにもなることだ。襲われたのは《ブラック・アンディーズ》のようないかがわしい夜の勤めをしているからだ。そうやってレイプされたら夜のバイトを辞めることになるだろう。それで姉さんはふつうの女子大生に戻る。これは、堕落している姉さんを更生させるための行動でもあるのだ』

「こりゃ……まいったなぁ」

読み終えたエリカは、しばらく天井を見つめて呆然としていた。

弟は最初の凌辱も計画を練り、決然と実行したのだ。今度の計画も、その気で実行するだろう。前よりも自信を持って。しかも自分が正しいと、無理やりにこじつけた大義名分を後ろ楯に……。

ただ一つ、エリカのほうには、相手の手を読めるという利点がある。彼が何を企もうと、事前にわかるのだから、いくらでも回避方法はある。どうやら春樹は、洗面所に置いてあるエリカの生理用品――タンポンの箱をチェックして生理期間を算出しているようだ。だとしたら、毎日一本ずつタンポンを減らしてゆくだけで、彼は混乱してしまうに決まっている。帰宅する時も、これまでのように気をつかうのではなく、タクシーにチップをはずんででも門の前に着けてもらえばいいのだ。いくら春樹が無謀でも、わが家のすぐ前で姉を襲うわけにはゆかないだろう。田ノ倉に送ってもらった場合も同様。そして絶対に睡眠薬入りドリンクには手を出さない。

（でも、そうすりゃまた欲求不満が高まってくるだろうし。うーん、もう……）

自分の部屋に戻り、ベッドの上にゴロンとひっくり返った。

春樹のレイプ計画にのってやったことが、まったく役に立たなかった。というか裏目に出てしまった。田ノ倉の読みも狂ったということだ。

（マスターの言うこともアテにならないんだから……）

と愚痴ったところで、田ノ倉に苦情を言うわけにはゆかない。金曜の夜、弟にわざと犯されたことは、絶対に秘密なのだから。

「ふー……」

もう一度タメ息をついてから、エリカはハッとした。

（な、何よ、これ⁉）

パンティの底がジットリと湿っている。ブラジャーのカップを勃起した乳首が突きあげている。

（……んな、バカな……）

スカートの裾から手を入れ、パンティの内側に指を潜《くぐ》らせる。

「うわ」

思わず声をあげてしまった。

秘裂は膣口から滲む液でぐっしょりと濡れそぼっていた。

（な、なんでー？　どうしてこんなに昂奮しているのッ⁉）

あわてて上半身を起こし、スカートをたぐり股を広げてみた。間違いなく驚くほどの愛液が溢れている。

（いやだ。春樹にレイプされることを考えただけで、体が反応してるぅ……）

そうとしか考えられない。

（どうして？）

男たちはよく、女には強姦願望が潜んでいる——などと言う。エリカは、自分にはそんなものはないと思っていた。もし見知らぬ誰かに襲われたら、自分は激しく抵抗するだろう。強姦という形で無理やりに性交を強いられるなど、身の毛がよだつ。強姦など、単に女は汚辱にまみれ苦痛に泣き、男が一方的に快感を味わう、許しがたい犯罪だとエリカは信じていた。いやエリカばかりでなく、全部の女たちがそう思っているに違いない。

（しかし、春樹の日記を見て濡れたということは、私のなかに眠っている願望が刺激を受けて目覚めたということかしら？）

エリカは濡れたパンティを脱いで、うつ伏せになった。スカートをたくしあげてお尻を丸出しにする。以前からオナニーを行なう場合は、その姿勢が一番好ましいのだ。

「あうっ、はあ……あっ」

少し持ちあげた白く輝く臀丘をうねらせるようにして、濡れた粘膜を刺激する。ニチャニチャという摩擦音がたち、エリカは枕に顔を埋めて喘いだ。

（この前は、こういう姿勢で二度、犯されたっけ……）

春樹が二度目に挑戦してきた時、自分が覚醒していることを知られたくなくて、エリカはわざとうつ伏せの姿勢をとった。三度めも、弟はなんとか彼女を仰向けにしたがったが、エリカはそのたびに体の向きを変えた。実際、三度めの時の抽送は二十分以上はつづいたようで、エリカは子宮を突き上げられるたびに頭が痺れて真っ白になるような快美感を覚え、思わずよがり声を張りあげそうになって、それを嚙み殺すのに必死だった。それでも数回、軽くイッたようになり、そのたびに春樹は、体の動きを止めて、改めて姉が昏睡していることを確認していたものだ。

エリカの指は勃起している敏感な肉芽をこすりたてると同時に、人差し指は餌を求めてヒクヒクと開いたり閉じたりしているような膣口の周辺を刺激してから、巣穴に潜りこむ蛇か何かのようにするりと膣のなかへと押しこまれた。

「ああ、オッ……うっうっ、うー、あはっ」

家のなかには自分一人だ。弟がいる時はあまり大きな声は出せないが、いまなら自由である。

エリカは夢中で指を使った。

「いっ、ううっ、おおおー、あっ、あああ」

閉じた瞼の裏に、春樹の裸身が浮かびあがった。

金曜の夜、こっそりと薄目を開けて見た、フロアスタンドの明かりに浮かびあがった、凌辱の期待にうち震えた、まだ童貞の若者の裸像だ。

その股間に凜々しく天を仰いで屹立する牡器官、贅肉というものがまったくなく、どちらかというと痩せた肉体は青白く、剛毛も少なくまるで少女のように滑らかだ。それとは対照的に、欲望を滾《たぎ》らせて茎部に血管を浮き立たせた器官の眺めはまったく成熟した牡の逞しさそのものだった。

包皮は完全に翻展して亀頭冠は露出し、尿道口から滲み出た透明な液体でまぶされたその部分の粘膜は赤みを帯びたピンク色だった。

（えーっ、童貞のペニスってこんなに綺麗なの）

エリカが思わずうっとりするほど、若武者の逞しさと凛々しさを備えた凌辱のための器官は昂奮にうち震えながら、ほとんど下腹にくっつきそうな角度を保っていた。

これまでエリカを抱いた男たちは、最初の時の体育教師をはじめとして、みなある程度の体験を積んだ男たちだから、ペニスを見て「綺麗だ」とか「可憐だ」とか「凛々しい」というふうな感想を抱いたことはなかった。

特に、最近になってつき合いはじめた田ノ倉の荒淫を経た器官は、全体に黒褐色を呈していて、勃起した時の亀頭もドス黒さを帯びた赤褐色だ。フェラチオを要求されて含む時にも、決して美しいなどという代物ではなかった。萎えたそれが彼女の奉仕で隆々と力を漲《みなぎ》らせてきた時など、嬉しいとは思うものの、それは川底の岩陰に身を潜めて獲物を狙っている怪魚というか、攻撃欲の旺盛な爬虫類を思わせるものだった。それはそれでエリカを畏怖させると同時に魅惑させる要素も秘めているのではあったが。

それらの器官に較べて、十九歳の童貞の少年の、全裸になった肉体の少女のような瑞々《みずみず》しさは、やはりペニスにも共通していたと思う。

（ああ、あれを口に含んでやりたい）

脳裏に、裸に剝《む》かれた自分が後ろ手に縛られ、無理やり口腔に弟の勃起した器官を押しこめられている姿が浮かびあがった。

エリカはこれまでにないほど激しく昂奮していっそうリズミカルに、強弱をつけた指の動きを速めて、孤独だが豪奢なオルガスムスに向かって自分を追い詰めていった。

「あっ、あああっ、あーっ、おおおーッ」

下腹をシーツに打ちつけるように臀部を躍動させて四肢がピンと伸長した。足の爪先まで痙攣が走り、

「あうーッ！」

快美の声を迸《ほとばし》らせて若い娘は絶頂した。

「うーん……フーッ」

しばらくそのままうつ伏せにグッタリと横たわっていたエリカの胸中を、さっきとは別の考えが、ふとよぎった。

(強姦願望なんてないと思ってたけど、マスターは私のこと『真性のマゾだ』って言うぐらいだから案外、襲われたら、感じちゃうかなぁ……)

——概して、セックスの時、女性は受け身になるものだ。つまり男性にリードを許す。男性の言いなりになるのを好む。特にエリカの場合、相手を喜ばせたい、相手を失望させたく

ないという気持ちが強いから、命令されたりすると、抵抗なく従ってしまう。

田ノ倉とのセックスの時もそうだ。

田ノ倉は男性に対しても支配的、高圧的に出るタイプだ。セックスの時も最初の時こそ優しく扱ってくれたが、やがてどんどん傲岸になっていった。

彼は本質的にサディスティックな性格の男だと、エリカもわかってきた。

だからといって、嫌いになったというわけではない。いや、彼に荒々しく粗暴に、時には奴隷のように扱われることで、かえってスリリングな歓びを味わうようになっていった。

たとえば自分がふんぞり返って椅子に座っている前で、エリカにストリッパーのように一枚一枚、服を脱がせる。エリカ自らの手でパンティを脱がせ、秘唇はおろか後ろ向きにさせて肛門まで指で開かせて露出させるのだ。

最初はイヤだと言って泣きべそをかいて抵抗したエリカを、田ノ倉は尻を叩いて責め、言うことを聞かせた。平手で丸出しの臀部を叩くスパンキングである。どうやら田ノ倉は、そうやって女を責めるのが好きなようだ。

いまではセックスの前に、田ノ倉は必ず、店でのエリカの接客態度などのアラ探しをしては叱責し、ヤキを入れると称してエリカの臀部を打ち叩く。

不思議なことに、そうやってごつい男の手でバシバシと臀丘を叩かれると、痛さと恥ずかしさに泣き叫び悶え暴れるエリカが、激しく愛液を溢れさせ、子宮を熱く疼かせるのだ。

(どうして昂奮するのかしら?)

最初は自分でも不思議でならなかった。

いまでは「ヤキを入れてやる。パンティをおろしてケツを出せ」

そうやって田ノ倉に怒鳴られると、もうカーッと体が熱くなり、イソイソと命令に従ってしまう。

「おまえは犬だな。牝犬だ」

田ノ倉はそう言って笑う。笑われると余計に愛液が溢れ、両手で顔を隠した女体の太腿を薄白い液がしたたり落ちる——。

確かにそれは一種の調教だった。そうやって田ノ倉に辱しめられることを全然イヤだと思わないし、会う前に、今日はどんな恥ずかしい、つらい思いをさせられるのかしら……と期待してパンティの底を濡らしてしまうほどになっている。田ノ倉が「おまえは真性マゾだ」と言うのも無理はない。

とはいえ、そうやって田ノ倉に自分が屈伏して歓びを味わうのは、彼が見知らぬ他人ではないからだ。同じことを突然侵入してきた暴漢に強いられたら、エリカは狂乱して抵抗するかもしれない。恐怖で体は凍りついてしまうかもしれない。

だから強姦する男なんてとんでもない奴だと思っているのだが、

（そういえば、春樹は見知らぬ人間じゃないし、私を魅力的だと思ってくれて、決して傷つけたりしないことは絶対にわかっているじゃないの）

そう思うとエリカ独特の考え方で、

（けっこう私のことを考えてくれてる春樹だから、彼の願望を叶えてやっても、いいか）

そんな気になってきた。

第八章　地下室のレイプ魔

（くそ！　姉さん、遅いな）

暗闇のなかで、春樹はイライラしながら待っていた。

実の姉エリカを昏睡させたうえで犯した日から、半月後の夜。

翌日、彼は意識のある姉を犯す決心をし、実行の日を決めるために、これまで注意深く姉の生理用品をチェックしつづけてきた。

最初にタンポンが減りだしたのが五日前、今朝は減っていない。生理期間が終わったということだ。それは彼の推測した周期とも一致している。エリカの二十八日という周期はきわめて順調なのだ。そのことは毎日、日記に記入している。綿密に練りあげた計画のすべてを。

（よし。今夜だ！）

春樹はついに決断した。土曜の夜である。いつもどおりなら真夜中少し前に、家に入る道

——袋小路——の角にタクシーが停まり、姉が降りてくるはずだ。

車から降りて家まで五十メートル。途中に四軒の家があるが、角から二軒目の家が取り壊されて、建築がはじまった。敷地が百坪ほどの、かなりの邸宅だ。そこが凌辱劇の舞台になる。

決行に先立って、ある夜、無人の建築現場を下見に行った春樹は、地下室が造られているのを発見した。地下室は既にコンクリート打ちが終わっていた。これから一階部分の工事に入るらしく、鉄骨の骨組みが組まれたところだ。

（これは願ってもない場所だ……）

春樹は神が自分の行動を支持し援助してくれているのではないか——と思った。それほどレイプに絶好の場所だった。

住むためではなく、物置かそれともボイラーのようなものを入れるのだろうか、窓は全然なくて、地上から降りる階段がついているだけだ。ドアはまだついておらず、コンパネと呼ばれる厚いベニヤ板で塞いであるが、出入りは自由だ。

ビニールシートや段ボールの箱を潰したもの、さらにはコンクリートの養生のために使った筵《むしろ》のようなものまである。

ここに連れこまれたら、どんな大声をあげても近隣に聞こえる恐れは少ない。また、地下室に入ってベニヤ板で入口を塞げば、内部で明かりを点けても外から見られる恐れはない。

しかも道路に面して、かつて塀があったところには建築資材が積まれて、待ち伏せするには絶好の物陰を提供していた。

問題はタイミングだった。

姉が降りたあと、タクシーがすぐに去ってくれたらいいが、運転手がグズグズしていたら、姉は彼の目の前を通り過ぎてしまう。その時は当然、姉が家に帰った時、自分は留守ということになる。「コンビニに夜食を買いに行った」と言えばすむことで、実際にそういう時もあったのだから姉は疑わないだろうが、それをあまり繰りかえすことはできない。

(運転手よ、姉さんを降ろしたら、すぐに走り去ってくれよ)

春樹はそう念ずるしかなかった。

ブルル……。

自動車が坂を上ってきた。

(来た!)

春樹は素早く頭の上に半分だけかぶっていた黒いパンティストッキングを首まで引き下ろした。これで顔形はほとんど見分けがつかなくなる。その上から毛糸のスキー用目出し帽をかぶった。奇怪な覆面男が誕生した。

服は首までの黒いタートルネックのセーター、ジーンズ、スニーカー。軍手を嵌《は》めた手には果物ナイフ。すべてこの襲撃のために買い集めたもので、これまでエリカの目に触れたものは何ひとつない。

絶対に正体を知られてはならない。そのために顔を隠し肌を隠した。セーターもジーンズもダブダブで、体形をわかりにくくしている。肌はどこも露出していない。

春樹の計画ではエリカが自分と向かい合うのは一瞬だけのことだ。うまくやればチラとも顔を合わせることがないかもしれない。

軍手を嵌めた左手には適当に切って丸めたガーゼ。ポケットには既に輪を作っておいた麻縄の束。

彼はスタートラインについて号砲を待つ走者のように身構えた。心臓の動悸こそ激しいが、この前のように臆する気持ちは不思議と薄い。

ギーッ。

車が停まった。タクシーだ。ドアが開くとルームランプの明かりに姉の顔が浮かびあがった。計画どおりだ。

「お釣りはいいわ」

エリカの声が聞こえた。

「どうもありがとうございました」

運転手が答え、ドアを閉めると、すぐにギアを入れて走り去った。

「ふー」

少し酔っているのだろうか、歩きはじめるまで少し時間がかかった。タクシーの尾灯は坂の下にすぐ消えた。まるで姉は、春樹が襲撃しやすいように時間的な余裕を作ってくれている。

(何もかもうまくいっている)

コツコツ。

ハイヒールの足音が近づいてきた。少し俯《うつむ》きかげんでわが家へと向かう姉が目の前を通り過ぎた次の瞬間、春樹は飛びだして左腕を首に巻きつけた。同時に右手に持った果物ナイフを目の前に突きだす。

「ひっ!」

若い娘の体が硬直する。

「騒ぐと顔をズタズタにするぞ!」

押し殺した、しかし凶暴な意志を秘めた声を耳に吹きつける。エリカには弟の声とわからないはずだ。声を変える方法をいろいろ研究した結果、頰の内側に綿を含む、いわゆる、含み綿を使うことにしたからだ。鼻から抜ける感じの、実際の年齢より上に聞こえる声になる。何度も練習してみて、自分でも自分の声だとは思えない自信があった。

「………」

エリカは喘いだ。しかし短い悲鳴は止まった。思ったとおりだ。エリカのように容貌に自信がある娘ほど、顔を傷つけるという脅しに弱い。

「口を開けろ、早く」

「………」

頬に刃を押しあてられて、若い娘は唇を開いた。すばやく左手に摑んでいた丸めたガーゼを、口をこじ開けるようにして口腔内いっぱいに押しこむ。

「うぐ……」

もう声は出ない。第一段階はのりきった。

「歩け」

若者は自分の体全体で薄いジャケットを羽織った姉を押し、建築現場へと連れこんだ。エリカの膝がガクガク震えて、よろめく。

道路から見えない場所で、再び命令した。

「両手を後ろにまわせ。手首を重ねるんだ」

「…………」

再びナイフの刃先を頬に押しつける。

「切られたいか！」

「む……」

覚悟したように両手が後ろへとまわされた。その拍子にハンドバッグが地面に落ちた。

麻縄の束の、あらかじめ作っておいた輪を重ねて手首のところまで通してグイと引っ張ると縄はギュッと締まり、手首を縛りあげた。これでエリカは手の自由を奪われ、声も出せない。

「…………」

最後の仕上げにポケットから黒い布でできた袋を取りだしてエリカにかぶせた。これはいろいろ探して、とある民芸品店で見つけた小物を入れる袋である。巾着袋と同じで、口のところを紐で締めるようになっている。ほとんど一瞬にして、エリカは視界を奪われた。布なので通気性はある。少し息苦しいだろうが窒息するようなことはない。

（やった。これでもう姉さんはおれの自由だ！）

春樹の全身で歓喜が、次いで牡の欲望が沸騰した。

実際、覆面をしたのがムダに思えたほど、エリカは彼の顔を一度も見ることができなかった。思った以上に襲撃はうまくいった。

「…………」

地下室の入口まで押していった。扉がわりのベニヤ板は、もう取り付けてある。ジーンズのベルトに挟んでおいた懐中電灯を手にしてスイッチを入れ、足もとを照らす。

「階段がある。ゆっくり足を前に出せ」

エリカは言われるままおずおずと足を踏み出した。春樹は覆面された姉を支えて、ゆっくりと地下室の床までおろす。

床には防水用の厚いビニールシートが敷かれ、その上に莚、さらにダンボール箱を潰したものが数枚敷かれている。後ろ手に縛られ、口にガーゼを押しこまれ、その上から黒い布袋をかぶせられた若い娘は、その上——地下室のほぼ中央に立たされた。

表情を見ることはできないが、それは恐怖に引きつっているに違いない。

「ふー、ふー」

鼻で息をするしかないので、その音が袋から洩れて聞こえる。

春樹は地下室の入口を再びベニヤ板で塞いだ。それから床に立っている姉のところに戻り、後ろ手にくくった麻縄をほどいた。彼女にしてみれば、自由にされたとしても周囲の状況がまるでわからない。暗闇のなかにいるのだから、抵抗するとか逃げるとかできるものではない。

「服を脱げ」

春樹は姉のジャケットの下、ブラウスの胸の谷間あたりにナイフの刃を押しつけた。

「！…………」

体がブルッと震え、すくみあがる。イヤイヤをするように頭が左右に振れた。

「殺されたいか」

さらに押し殺してすごみをきかせた声で囁くと、

「…………」

あわててジャケットを脱いだ。今日のエリカの服装は、《ブラック・アンディーズ》の行き帰りに着る偽装用の衣服——ごく当たり前の女子大生という感じのものだ。紺のブレザーにグレーのタイトスカート、白いブラウス、ベージュのパンティストッキングにローヒールの黒いパンプス。

エリカは襲撃者の目の前で、黒い袋を頭からかぶったまま、手さぐりでボタンを外し、ホックを外し、ファスナーをおろし、それらの衣服を脱いだ。ここまでくれば逃れることは不可能だとわかる。姉が凌辱を覚悟したことは、あまり躊躇《ためら》うことなく脱いでゆく手つきで弟にもわかった。

（早く犯して、すませてくれというのか？　そうはいかないぞ姉さん。今夜はこれからジックリと嬲《なぶ》り責めにしてやるんだから……）

ジーンズの前をこんもりと隆起させている春樹は、舌なめずりするような気持ちだ。仕留めた小動物を前に、かぶりつこうとする飢えた猛獣の気分。

ブラジャーもパンティストッキングも脱いだ。パンティもまた偽装用の、ふだん穿きの白い木綿のものだ。店で着けている赤いTバックに較べれば素朴な感じのものだが、懐中電灯の乏しい明かりのなかに浮かびあがった。白い簡素なパンティ一枚の姉の裸身は、不思議に春樹の欲望をグラグラと煮立たせる効果があった。

「パンツはいい。そのまま両手を前に出せ」

「？………」

犯そうとするのになぜ全裸にしないのか、それを訝《いぶか》った様子だが、下着一枚の女子大生は素直に両手を合わせるようにして前に差し延べた。

コンクリートがまだ打ちっぱなしの天井には、内装のために埋めこまれている鉄筋の端が、鉤《かぎ》状に突きでていた。春樹はあらかじめその鉤に、現場にいくらでもあるナイロン製のロープを適当に切ってぶら下げていた。計算して立たせたので、そのロープに触れるぐらいのところに手首が位置した。春樹はすばやくエリカの手首をロープで改めてしっかりとくくった。

天井から垂れているナイロンロープのもう一方の端をグッと引くと、

「むーっ！」

顔にかぶせた黒い布袋の内側から驚きと苦痛の混ざった呻き声が洩れた。両手が頭上に引っ張りあげられたので、全身が真上へと伸びあがる。爪先立ちになるかならないかのところでロープの端を壁から突きだしている鉄筋の端に引っかけて留めた。これは二度ほど練習を繰り返しているので、きわめて短時間のうちに手際よく行なわれた。

春樹は姉のま後ろに立った。パンティ一枚でしか肌を覆っていない裸身から、髪から甘酸っぱいクラクラするような若い娘の匂いが振り撒かれている。その匂いを楽しみながら、彼はまずジーンズのポケットから用意しておいたものを取り出した。旅行時など仮眠の時に使うアイマスクだ。

懐中電灯の明かりを消してから、姉の頭にかぶせておいた袋を取り去る。室内は真っ暗闇なのだからエリカにとっては同じことだった。

闇の中で姉にアイマスクをかけて視界を完全に塞いでからまた懐中電灯を点け、春樹は今度は姉のパンティストッキングを取りあげた。果物ナイフで股のところから裂いて二分し、その片方をクルクルと縒《よ》って紐状にしてから、口に押しこんではみ出ているガーゼの上から、頬を二つに割るぐらいに厳しく猿ぐつわを嚙ませた。こうなるとガーゼを吐き出すことは不可能だ。

「………」

エリカの体がガタガタと震えだした。こうやって立ち吊りにされ、入念に目隠しと猿ぐつわをされたということは、この襲撃が単なる凌辱——牡の肉欲を満足させるための単純な行為——ではないということだ。明らかに柔らかく熱い、若い娘の肉体を嬲り責めにする準備だということがわかってきたのだろう。

（ふふ、震えろ、怯えろ。冷汗を流せ……姉さん、これはいままでの好き勝手でふしだらな行為の代償なんだよ。おれをなおざりにした罰なんだ。懲らしめなんだ）

春樹は昂奮を抑えるのが難しいほどになっていた。全身から汗が噴き出して、地下室の気温は低いはずなのに、まるで蒸し風呂のなかにいるかのようだ。

（そうだ。もう必要ないんだ）

目出し帽も覆面のパンティストッキングも引き剝がし、大きく息をついた。含み綿も吐き捨てた。ここまでくれば言葉をかける必要もない。

目の前の天井からぶら下げられた若い娘——一つ年上の実の姉の裸身をうっとりと眺めた。

懐中電灯の光束をあてながら各部分をしげしげと観察した。

（ああ、この体を他の男に与えているのか。なんてことだ。許せない……）

急に嫉妬に駆られて、軍手を嵌めた右手でエリカの右の乳房、ふっくらと碗形に盛り上がった、透明感のある白い肌の下に青い静脈を透かせている肉の丘を、ぐいと鷲摑みにした。

「むーッ」

女性の最大の弱点である胸のふくらみをギューッと揉み潰されて、エリカは白い喉を見せてのけぞった。ペディキュアをほどこした足の爪がダンボールの上でブルブルと震えながら必死に体重を支えている。

(ああ、なんて感触だ。この柔らかさ、この弾力性)

触り、揉むことの快感というのを、春樹はまざまざと実感した。

手に吸いつくような湿りを帯び、なおスベスベとしている絹のような肌。綺麗に剃毛された腋窩をくすぐってやると、

「うぐ……グッ!」

さらに全身が躍動した。釣り上げられて水面に跳ねる若鮎のようだ。

(そうだ)

懐中電灯を手にしていたのでは、両手が自由にならない。そのためにコンビニで売っている停電用の蠟燭を用意してきたのだ。空き缶の蓋の上に蠟燭を立て、使い捨てのライターで火を灯す。その程度の明かりなら、外に気づかれる恐れがないのは、もう確かめてある。

ユラユラとゆらめく蠟燭の赤っぽい光を受けて闇に浮かび上がる姉の裸身は、また一段と彼の欲望をそそるものだった。

彼は軍手を脱いだ。素手で姉の熱く、搗《つ》きたての餅のように柔らかく、ゴムまりのように弾力性を秘めた、やや湿って甘酸っぱい匂いを発散している若々しい肉を撫で、揉み、握り潰し、時に指先で軽くサッと撫でた。

「むー、うー……うぐ……クッ、くくー」

彼の手は滑らかな腹部の曲線をなぞり、薄い木綿の布に包まれた下腹部へと伸びていった。

「む、うぐ」

悩ましく盛り上がった秘めやかな女の丘を掌でくるみ、指は股布へと伸ばして円を描くようにして揉む。

「うー」

若い娘の一番恥ずかしい、敏感な部分をパンティの上から強く揉まれて、エリカは激しく反応した。春樹の指はいやらしく蠢く。彼は最後に、凌辱の記念として姉のパンティを奪うつもりだ。そのためにはできるだけ汚れていたほうがいい。姉の匂いと分泌物をたっぷり滲みこませるために、腰のゴムのところを左右から引っ張りあげた。股布は秘密の谷間にギューッと食いこんだ。

「ぐっ、うぐー」

布で生殖溝全体の粘膜を強く摩擦されて、エリカの体が弓なりにのけぞる。今度は前面の布を鷲摑みにして褌《ふんどし》状にし、前に引っ張る。次に後ろから引っ張る。ふっくらした大陰唇が左右に秘毛ごとはみだす。

「うー、うっ、ぐっ、ぐーッ!」

ニチャニチャという摩擦音がして谷間に食いこんだ股布がじっとり湿るのを確認した。クリトリスと膣前庭を刺激されて愛液が溢れてきたのだ。

(感じてきた。いいぞ姉さん。もっとパンティを濡らすんだ)

猿ぐつわの奥から、苦悶の呻きが洩れる。ナイロンロープをギシギシ軋《きし》ませて、のびやかな裸身が悶えくねる。

(おっと、手首にロープが……)

ひとしきり夢中になって姉の秘部を下着の上から嬲りつづけていた春樹は、ハッと気がついた。

爪先が立つ程度の吊りだったが、秘部を刺激されると脚から力が抜ける。すると体重が強く手首を縛ったロープにかかり、ロープが食いこんでしまう。これ以上擦れると皮膚が剝け、傷つくかもしれない。

（これは、まずい……）

あわててロープの端を緩めた。

「うー……」

目隠しをされ猿ぐつるわを嚙まされた娘は、がっくりと床の段ボールの上に膝をついた。両膝と爪先で体重を支えられるわけだから、手首にロープが食いこむようなことはない。

（ふむ、このポーズもなかなかそそる）

春樹は地下室の隅に投げ捨てられていた板切れのなかから、長さ一メートルほどの細めの角材を見つけた。その角材の両端がエリカの踵の上に載るように渡し、さっき手首をくくるのに使った麻縄でそれぞれの足首をしっかりと角材に縛りつけた。そうすると、どんなにがんばってもエリカは股を閉じることができない。秘部を無防備にさらすしかないのだ。

（さあ、お楽しみはこれからだ）

通気が悪いことと昂奮のせいで、タートルネックのセーターを着ていると暑くて汗みどろだ。春樹はスニーカーとジーンズ、それにセーターを脱いだ。ランニングシャツとブリーフ、それにソックスだけという格好になった。

下着だけになったというのは、ジーンズだと勃起のために股間に痛みを覚えるほどだったからだ。ブリーフになると、勃起したペニスの先端から溢れる透明な液がシミを広げている。

春樹はもう一気に姉を犯してしまいたい欲望を制して、哀れな膝立ち開脚の姿勢をとらされている女体の背後にまわった。

さんざんに柔肌を嬲られてエリカもそうとうに汗をかいて、木綿のパンティはジットリと湿り、臀部に吸いつくようだ。そいつをグイと引き下ろす。

「む!……」

まるい二つの肉丘を露出させられた娘の裸身が、ビクンと震えた。パンティは太腿の半ばぐらいで伸びる限界に達し、股布を水平に広げる形で、艶やかなまるい円柱の間にピンと張り渡された。

(うーん、こうやって見ると、実にいいケツだ。まるいし、垂れていないし、プリプリしているし……)

ごく自然に、平手で左側の尻朶《しりたぶ》を打ち叩いた。それは太鼓の傍に置かれていたばちを見つけた少年が、叩かずにはいられない素直な反応だった。

パシッ。

小気味よい音が弾けて、パンティを腿の半ばまで引き下ろされた肢体がガクンと揺れ、打ち叩かれた部分の白い肌がパッと赤みを帯びた。

「うぐッ」

くぐもった悲鳴が猿ぐつわに吸われた。

（こいつはたまらない）

一つ食べたお菓子が美味くて、また手が伸びるのと同じように、春樹は二度、三度、四度とエリカのまるい臀部を左右交互に叩きのめしていった。

「ぐが、ふがっ、うぐー、ぐ、うぐ！」

エリカは次第に強烈になってゆく打撃を避けようとするかのように、赤く腫れてゆく白いヒップをくねらせる。それがまた春樹の攻撃欲、嗜虐欲を煽った。

（ふふっ、苦しめ、もっと苦しめッ）

自分のなかに、他人を打ちのめして苦悶するのを眺めて歓ぶような、そんな残忍な資質が潜んでいたとは、春樹にも驚きだった。

（あれあれ、こんなに赤くなった。ちょっとやり過ぎたかな……）

気がついた時、エリカの青ざめて見えるほど白かった肌は、全体が猿の臀部のように真っ赤に染まり、ところどころが紫色に変色していた。

「うー……うー……」

猿ぐつわの奥で苦痛を噛み締めていた姉の顔を見ると、アイマスクの下から涙がポロポロと頬を伝い落ちていた。

(こりゃ、そうとうに痛かったんだ)

一瞬、後悔さえ覚えた春樹は、しかし、姉の股間を見て、目を剝いた。驚きの声が洩れてしまった。

(ええっ⁉　姉さん、こんなに愛液を!)

耐えがたいスパンキングの苦痛に泣き悶えたはずなのに、エリカの秘部からは米のとぎ汁を思わせる白みを帯びた液体がとめどもなく溢れて、一部は太腿に沿って膝から、一部は直接秘唇から床へまっすぐ糸をひくようにタラタラとしたたり落ちていた。

(こうやって責められて昂奮するなんて……強姦願望って本当にあったのか? じゃ、姉さんは……マゾだ)

SM雑誌、ポルノビデオなどで得た、偏った知識しかない春樹は、そう思いこんでしまった。それは困惑を、次いで激しい欲望を呼び起こした。

(姉さんは心底、淫らな女なんだ。強姦魔に襲われて、縛られ裸にされて、ケツをさんざんにぶたれて昂奮している。こんな女は……)

春樹はブリーフを脱ぎ捨てた。彼の若い欲望器官はもう包皮を完全に翻展させ、尿道口からはトロトロと透明な液体を滲ませている。その膨脹力は下腹を打ち叩かんばかり。

(これで姉さんの口を辱めてやる)

猿ぐつわにしていたパンティストッキングの残骸をほどき、口のなかに押しこんでおいた、たっぷりと唾液を吸ったガーゼを吐き出させる。

「ほうっ、はあーっ」

ようやく口で呼吸できるようになって、大きく喘ぐエリカ。その唇に怒張しきって真っ赤になった亀頭冠があてがわれた。瞬時にしてエリカは襲撃者が何を要求しているかを理解したようだ。

「………」

大きく口を開けて、若者の器官を啞えこんだ。

チュバ。

「おお」

強く吸われて春樹は思わず感嘆の声を洩らした。

両手の自由は奪われていたが、エリカはこれまで田ノ倉に教えこまれた口舌奉仕の技術を駆使して、春樹のペニスを舐め、しゃぶり、吸い、舌をからめ、突つき、歯で柔らかく嚙み、やがて頭を前後に動かしながら唇で摩擦を与える。

「むむ、おうっ、うっ、ううっ、あっ……」

腰骨をハンマーで強打されたような衝撃が走り、春樹の視野が真っ白になり、真っ赤になった。目のくらむような快感が股間で爆発して衝撃波が全身をバラバラに吹き飛ばす。

「おー、おおーおおうっうわあ、ああっ」

生まれて初めて味わうフェラチオの果て、女性の口内への直接噴射だ。濃い白濁液が勢いよく何度も何度も断続してエリカの喉を叩いた。

第九章　イラマチオの快感

（あの春樹が、こんなに残酷な子だったなんて……）

　エリカは驚愕し、戦慄していた。

　この前の凌辱の時は、愛撫の手つきこそぎごちなかったが、自分の肉体を賛美し感嘆しつつ触れていた。だからこそ、進んで新しい罠に自ら犠牲となってやったのだ。

　しかしそれは、彼女を眠りから覚ましてはいけないという制約があったからのことで、覚醒状態での凌辱を計画し、徹底した正体隠しの工作を行なった今夜の春樹は、前回とはうってかわって大胆になり、同時に残忍さを剝き出しにしてエリカを責めてきた。

　襲撃それ自体は荒々しいものではなかった。もちろんエリカは彼が襲いやすいように、ほとんど抵抗せず、なすがままになってやった。

　地下室に連れこまれ、服を脱がされ、パンティ一枚で吊り縛りにされるところまでは予想どおりだった。その後、春樹は姉が「ひょっとしてこの犯人は別人ではないか……」と疑うほど冷酷無慙《むざん》な人物に変化した。

乳房に対する執拗な揉み潰し責め。春樹はたぶん女の乳房がどれほど敏感な地帯であるかを知らないのだろう。それにしても姉が脂汗を全身から噴き出させて苦悶するさまを見れば、それがどれほどの苦痛を与えているかわかるはずである。

そして秘裂に対するパンティごしの刺激責め。紐のようによじれて食いこんでいる愛液で湿った股布がクリトリスや膣前庭を擦りたてる感覚は、快感などという生やさしいものではない。苦痛そのものである。これもまた、女体に対する知識の欠如からだろうか。

さらにスパンキング。

田ノ倉の頑丈な掌で叩きのめされることに較べたら、春樹のほうがまだ耐えやすい。しかし、回数は春樹のほうが多い。夢中になって連続して打擲《ちょうちゃく》する。一打一打、女体の反応を目で楽しみながら打ちのめす田ノ倉のスパンキングには、エリカもある程度余裕を持って応え、苦痛も耐えることができたが、しゃにむに柔肌を打ち叩く快感に酔った弟のそれは、猛烈な痛みの連続でしかない。

(春樹のバカ！　そんなふうに女を責めて何が楽しいのっ⁉)

まさに飢えた獣が獲物にむしゃぶりつき、咀嚼《そしゃく》もせず肉片をガツガツと胃袋に収める、浅ましい食事行為と似ていた。

ただ猿ぐつわのなかに悲鳴を吹きこみ、涙を流して耐えるだけだったエリカは、容赦のないスパンキングが終わった時は心底、ホッとしたものだ。

だが、自分でも気づいていなかったが、そういう残酷なスパンキングでもエリカは激しく発情して、愛液を滾々《こんこん》と溢れさせていたのだ。それは「おっ」という弟の驚きの声でわかった。

（えーっ、どうしてこんなに濡れるのっ⁉）

信じられなかった。

春樹はまるで尿を洩らしたかのような姉の昂奮ぶりを見て、歓喜したようだ。ブリーフを脱ぎ捨て、目隠しされたままのエリカの口を解放すると、怒張した欲望器官を押しつけてきた。

（ああっ、これが春樹のペニス！）

前回の凌辱の時、エリカは一度もペニスに触れてはいない。薄目を開けてこっそり、凜々しく雄々しく屹立する、若武者のように初々しい怒張を見ただけだ。

今回は、目で見ることはできないが、あのピンク色をした亀頭粘膜の肉茎を唇と舌、口腔粘膜で味わうことになるのだ。エリカは大きく口を開けてむしゃぶりついた。

すでにカウパー腺液でヌラヌラと濡れそぼっている先端部を舌で迎え、唇をすぼめて締めつけてやる。

「おおっ」

春樹が喘いだ。初めて味わう女性の唇が与える快感に驚き喜んでいる。

(手が自由なら……)

田ノ倉から教えこまれた技法をフルに駆使して弟を歓ばせてやることができるのだが、いまは頭を前後左右に動かし、できるだけ各部をまんべんなく刺激してやるしかない。

夢中になってエリカは奉仕した。新しい部分を刺激してやるたびに、生まれて初めてのフェラチオ――この場合は強制的な口腔奉仕だからイラマチオというべきだが――で味わう快感に驚嘆し喜悦する反応がガクガクと腰を揺するような体の動き、喘ぎ声、嗚咽にも似た嘆声という形で返ってくる。エリカはそれが嬉しく、なおさら情熱的に舌を使い、ピチャピチャと音をたてるほどに熱心に奉仕した。

最後はキツツキが幹に穴を穿《うが》つがごとく、激しく頭部を前後に抽送した。彼女のきつく締めた唇を唾液にねっとり濡れた牡器官がピストンと化して前後運動し、膝立ちの姉の前に両足をやや曲げた感じで開き、ふんばる姿勢の若者は、自分の姉の頭を両手で掴むようにして、ピストン運動に拍車をかけた。

「むむ、おうっ、うっ、ううっ、あっ……」

ペニスの亀頭部がブワッと膨脹した。腿から腰にかけて痙攣が走った。

（イクのね！）

爆発の瞬間、エリカは唇の締めつけを緩めた。ビクビクと大きい痙攣が肉茎全体を走り、最初の精液が尿道口から噴射された。

その瞬間、待ち構えていたエリカは、ビューッと噴き上げてきたものを強く吸った。

「おー、おおーおおおうっうわあ、ああっ！」

頭のなかが真っ白になるようなオルガスムス。感きわまって春樹は絶叫した。

田ノ倉が教えてくれたフェラチオの最も重要な技法だ。射精と同時に強く吸引してやることによって、精液が本来のスピードよりも早く尿道を噴射してゆく。それは射精時の快感をも倍加させる。そのタイミングを失すると効果は薄い。そのためには射精直前のペニスの震え、膨脹を察知しないといけない。田ノ倉はこう教えた。

「水道の蛇口に繋いだホースを思い出せ。蛇口を全開にしても、ホースの先からすぐ水が出るわけじゃない。しかし触ってみなくても水が飛び出す前に、先がブルンと震えるのがわかるはずだ。ペニスの射精もそれと同じことだ」

生理の時はフェラチオの特訓が主だった。田ノ倉に何度も教えられて、エリカはその技法をマスターした。独特の苦みと香りを持つねばっこい牡のエキスを、エリカは苦もなく飲み干すことができた。

「おまえがピンサロへいけば、たちまち売れっ子になる」

田ノ倉はそんな冗談を叩いたものだ。

そうやって仕込まれた技巧は初めての口内射精を体験した春樹に失神しそうなほど強烈な快感を与えた。

「おー、おおお、うーっ……」

ドクドクン、ドクン、ドクン。

断続的に噴射される精液を、エリカはタイミングよく吸引してやる。そのたびに春樹は脳が真っ白になるような快感を味わって喘ぎ叫んだ。

「うーん、はあはあ」

最後の一滴まで強く吸われて、春樹はガクガクする膝で立っているのがやっと、という状態だった。

しかし、しっかりと姉の頭部を自分の股間に押しつけるようにして、彼はペニスを口腔へ押しこんだままでいた。エリカは理解した。

(もう一度勃起するまで、このまま咥えていて欲しいのね。いいわよ)

そのためのテクニックも田ノ倉から教えこまれている。

射精をすませた直後のペニスは亀頭部を刺激しても擽《くすぐ》ったいだけだと教えられた。エリカがイッたあとのクリトリスの状態と同じだ。だから特に一部分を刺激するのではなく、口腔全体でペニスを包みこみ舌はまんべんなく茎部にからませるように刺激してやる。時に唇をすぼめた時に大きく開き「はあっ」と息をかけるようにする。

顎と舌の付け根が痺れてきた時、エリカは春樹の牡器官に再び力が漲ってきたのに気がついた。

（がんばってね、元気なペニスくん！）

エリカは熱心に舌を亀頭部へと集中させた。

「おおー……」

若者の口からまた歓びの呻きが洩れた。

姉の口舌奉仕で再び勃起した春樹は、天井の鉄筋の鉤に引っかけていたロープを外した。

膝で立っていたエリカの体は、ダンボールの厚板の上に仰向けに倒れた。

「…………」

春樹は姉の体の上に逆向きにまたがってきた。太腿のところで極限までの開脚の枷になっていたパンティを引きちぎり、下腹の繁みの底、濡れて鮮やかに美しいピンク色の粘膜の谷へ唇を押しつけた。女性の最も魅惑的で秘密めいた部分への情熱的な接吻。

「あーっ！」

もう口を塞ぐものは何もない。エリカの唇から悦声が迸り出た。

(春樹、私の恥ずかしい部分を全部見て、舐めてちょうだい！)

濡れたその部分に顔を埋められ、舌を使われる姉は、激しく昂り、喘ぎ声をあげた。その唇に再び、今度は真下を向いた怒張が押しつけられた。

(いいわ、思いきりしゃぶってあげる！　だから春樹も私を楽しませて！)

エリカは若者の雄々しい肉茎を再び喉の奥まで受け入れ、熱心に舌を使った。

数分後、姉の秘められた部分の隅々まで探索し、存分に甘い愛液を啜《すす》り飲んだ若者は、体を離すと向きを変えてのしかかってきた。

エリカの唾液で濡れまみれた牡の逞しい侵略器官が、春樹が吸いつけていた受容器官にあてがわれた。腰をグイとすすめると、肉茎は一気に柔肉を貫いた。

「あっ、お、ひっ、ひーっ！」

両手を頭上で、両足は角材によって開脚を強制されている全裸の娘は、矢で射抜かれた野生の美獣のようにうち震え、悲鳴に似たよがり声をはなった。

この柔襞の器官を犯すのは、これが初めてではない。すでに三度、堪能している。だから春樹は自信まんまんで凌辱を開始した。アイマスクで目を覆われているだけ、あとは一糸まとわぬ裸のエリカを組み敷き、荒々しく腰を使い、若い肉茎を激しく抽送させた。地下室のなかに牡と牝の呻き声、喘ぎ声、唸り声、吐息、嘆声、嗚咽するような声、睾丸がリズミカルに会陰部に叩きつけられる音が交錯した。

二人とも全身汗まみれだ。エリカは弟が叩きこんでくる肉のピストンを迎えうつように腰を突き上げる。春樹は一度放出したから余裕を持って姉の締めつけてくる粘膜に対抗できた。

「おーっ、おおっ、あうっ」

エリカが絶頂した。爪先までピーンと突っ張らせ、背がギュンと弓なりになり、喉の奥から獣が絞め殺されるような咆哮に似た悦声をはなち、オルガスムスに達したのだ。

「ああっ、あっ、うむ、むむむッ！」

子宮の収縮に伴う膣の締めつけが春樹の引金を引いた。

ドクドクッ。ドクッ。ドクッ！

二度めの白濁液が子宮口めがけて噴射された。

エリカが軽い失神状態に陥っている間、先に正気に返った春樹は、姉の両手首を縛っていたロープを一度ほどき、うつ伏せに寝転がしておいて後ろ手にくくり直した。

ようやく意識をとり戻したエリカは三たび、弟の器官を頰張って、汚れを舌で洗い清めさせられた。

二度めの凌辱は、床にうつ伏せにさせられたエリカの臀部を持ちあげさせて行なわれた。

バシバシ。

まだ赤い腫れを残している臀部を見て、また打擲の欲望に駆られたのだろう、春樹は後ろ手に縛った姉が涙を流して苦悶する様子を楽しみながら数十発のスパンキングを浴びせた。

地下室に反響する姉の悲鳴が弟を激しく昂奮させたのは、何もしなくてもギンギンに勃起したことが何よりの証拠だった。

手が痺れて感覚のなくなるまで夢中で打ち叩いてから、赤紫色に変色してゆく臀丘を抱えあげて、春樹は愛液で薄められた精液をドロドロとこぼしている、腔腸動物のパックリ開けた口のようにヒクヒクと蠢く膣口へ肉の穂先をあてがった。

「ヒーッ！」

ふかぶかと貫かれたエリカが白い喉を見せてのけぞる。

長い時間をかけて姉の肉体を犯す快楽を味わい尽くした春樹は、三度めの精をはなった。

その前に数度上り詰めていたエリカは、最後は夥しく透明な液を洩らして失神していた。

(最後の作業だ)

春樹は手早く衣服を着け、完全に伸びてしまった姉を仰向けに転がしてからアイマスクを剝ぎ取った。蠟燭の炎を吹き消す。

真の闇のなかに数回、青白い閃光が走った。まともに顔に浴びせられたのでエリカは目がくらみ、撮影者の姿は見えないはずだ。それよりまだ正気に返っていないので、その瞳は焦点が合っていないだろう。

エリカを縛っている縄を緩めておいてから、春樹はすばやく地下室を出た。最後まで身に着けさせておいたパンティの残骸をポケットにねじこんで。

——家に帰って時計を見ると三時をまわっていた。

（えーっ、そんなに長い間、責めていたのか）

夢中になっていると時間の経過が短く感じられるものだ。春樹は驚いてしまった。

自分の部屋に入り、凌辱に使った衣服や道具はすべて大きなスポーツバッグにしまい、押入れの天井の裏に隠した。それからザッと濡れタオルで体を拭う。姉がすぐにも帰ってくるかもしれないので、浴室は使えない。

ベッドに潜りこみ、電気を消す。いつものように受験勉強を終えて寝ついたように。

エリカが帰ってきたのは三十分後だった。よろめくような足どりで家に入ると、まっすぐに浴室に向かった。しばらくの間、シャワーの水音が聞こえていた。繰り返し凌辱された肉体を洗い清めているのだ。

（考えられないことをしてしまった）

その時になって、自分が犯した行為の恐ろしさに慄然とした春樹だった。

（姉さん、すごいショックだったろうな。精神的に参っちゃわなければいいけど……）

やがて足音を忍ばせるようにして姉は階段を上ってきて、自分の部屋に入った。

（犯されたショックで、まさか自殺など……）

春樹は心配になってきた。

こっそり起きて姉の部屋のドアを少し開けてなかをうかがった。エリカは疲れた様子でぐっすりと熟睡していた。異常はない。

（やれやれ……）

部屋に戻り、寝つかれないままさっき撮ったデジカメの画像をノートパソコンに取りこんで、それを表示させて眺めた。

七枚撮影して、七枚ともよく写っていた。

地下室で全裸にされ、仰向けにされている姉の緊縛画像。両手は頭の上で縛られ、両足は角材で割り広げられている。そして秘毛に縁取られた性愛器官は引き抜かれたあとのパックリと開いた形で、その奥から白い液体が垂れているのをクッキリととらえている。

凌辱の証拠画像である。

エリカが警察に届けることを恐れての処置だったが、帰ってきて体を洗い、眠ってしまった——ということはその意思がないということだ。やはり辱めを受けた直後の裸身を撮影されたということが効いたのだろうか。

（結局、これは記念写真というわけだ……）

凌辱され尽くして、トロンとした瞳でカメラを見つめる姉の裸身。春樹はまた股間が熱くなるのを感じた。姉の呻き、体の震え、濡れた肌の感触が甦る。

（姉さん、すごく積極的だった。フェラチオだって、イヤイヤという感じは全然しなかった。すすんで咥えてくれたような気さえする。そして犯されている最中はすごく感じていた。あれだけギューギュー締めつけてきたし、腰の動きもぼくに合わせていた。ということは、姉さんは犯されて昂奮するタイプのようだ。つまり強姦願望を持つマゾということだ）

春樹はパジャマのズボンの内側に手をやって、ズキズキと脈動している器官を握った。

（そうだ。こいつを使えば、また姉さんを……）

再び若者のなかの悪魔が、邪悪な計画を紡ぎはじめた——。

第十章　最も身近な脅迫者

翌週の半ば。予備校から帰ってきた春樹は、人通りの少ない道にある公衆電話に入った。すばやく綿を口に含む。

二度、三度、喋る練習をしてからハンカチを取り出して送話器にかぶせた。

それからわが家の番号をプッシュした。姉のエリカはまだ《ブラック・アンディーズ》に出かける前だ。たぶんいるだろう。

「はい、大野です」

三度めのコールでエリカの応答があった。

「大野エリカさんか」

含み綿で変えた作り声で淫靡な感じで囁くように喋る。

「ええ、そうですが……どちらさまですか？」

「覚えてるだろう？　地下室のお友だちさ」

「アッ」

姉が短く叫び、声を呑んだ。

「もう一度、二人で楽しもうと思ってな。それで写真を送っておいた。見ただろう？」

「…………」

エリカは沈黙した。肯定の意味だ。春樹は喋りつづけた。

「あれは何枚でもバラ撒ける。家族やお友だちに見られたいか」

「やめて。そんなこと！」

喘ぐような緊迫した口調が伝わってきた。

「だったらおれの言うことを聞いたほうがいいぞ、エリカちゃんよ」

チンピラやくざめいた、うんとなれなれしい口調で言う。

「どうしろというんですか？」

「そうだなぁ。今夜も遅くお帰りかな？」

「えっ？　はい……」

「だったら、タクシーでもう少しまっすぐ行けよ。田園町三丁目の公園を知ってるな？」

「はい……」

「そこで降りろ。タクシーの運転手に怪しまれないようにな。タクシーが行ってしまったら、公園のなかの公衆便所に行け。女便所に入ると『故障中』と書いた紙が貼ってある個室がある。そのなかに入れ。入れば何をしたらいいかわかる」

「…………」

「わかったか」

「わかりました」

「来るのか」

「はい、行きます」

キッパリした口調でエリカが答えたので、春樹はかえってびっくりした。

「ほう、素直だな。しかし、警察に届けたりしたらタダじゃおかねぇぞ」

「そんなこと、しません。でも……」

「でも、なんだ」

「危険な時期なんです、いまは」

「妊娠したくないわけだ」

「そうです」

「だったら、妊娠しない方法でやってやる」

「……それと、残りの画像を始末して欲しいんです」

「わかった。そうしてやるよ。安心しな。しかし、こっちも注文がある」

「なんでしょう？」

「店で客を楽しませてるカッコあるだろ？　スケスケの下着にストッキング。あれ、なかなかグッとくるじゃねぇか。そのまま着けて来いよ」

しばらく沈黙していたが、やがて「わかりました」という返事が聞こえた。

春樹は受話器を置くと、含み綿を外して大きく深呼吸した。

（やった！　また姉さんを責められる）

エリカが簡単に了承したことを、春樹はまったく疑っていない。


（まったくもう。日記に書いたプランどおりなんだから……）

エリカは苦笑いして受話器を置いた。

弟がまたレイプ劇を演じたがっているのは、毎日読む彼の日記で知っている。

そのなかで弟はこう書いている。

『今度犯す時は、妊娠する危険がある日を選ぶ。姉さんは当然、膣内に射精しないで欲しいと願うだろう。ぼくもその気はない。しかしフェラチオだけで満足するわけにはゆかない。

今度は姉さんの肛門を犯してやろう』

（春樹ったら、どこまで調子にのるのかしら……）

エリカは弟の欲望のエスカレートぶりに呆れかえった。

単なる凌辱では飽き足らず、今度は肛門を犯す——というのだ。

これが田ノ倉と出会う前のエリカだったら、アナルレイプと聞いただけで震えあがっただろうが、いまは違う。

田ノ倉はアナルセックスも好きで、エリカが生理の日などフェラチオで勃起したあと、彼女の排泄のための器官で楽しむ。

最初は恐怖と苦痛に怯えたエリカだが、最初に浣腸をされて排泄したあと、指で丁寧にマッサージされ、乳液で充分に潤滑されて挿入されると、さほどの苦痛もなく受け入れることができた。その時はクリトリスを小型のバイブレーターで刺激された。エリカは激しく昂奮して何度もイッた。田ノ倉は小一時間ほども時間をかけてエリカの直腸を楽しみ、白濁液を腸奥で噴き上げた。

「これは毎日やるもんじゃない。肛門ってところは変形しやすいからな」

田ノ倉はそう言って、以来、彼女の肛門を犯すのは生理の時だけと決まっている。

ところがここ二、三週間ほど——ちょうど春樹が彼女を犯した頃から、田ノ倉はエリカを抱かなくなった。「忙しい」「都合が悪い」という理由で、彼女がねだっても断られる。

(私に飽きたのかしら?)

だとしたら、別の誰かを相手にしているはずだが、どうもそのような形跡がない。

(靖美さんにバレそうになって自重しているのかな)

そうも思ったりした。

「そんなに焼餅を焼くな。ちょっと忙しいだけだ。暇になったらたっぷり抱いてやる」

田ノ倉はそう言うのだが……。

だからアナルセックスも一カ月以上体験していない。エリカは欲求不満状態にある。それで弟の凌辱劇の相手になってやろう――などと考えたのかもしれない。

(うーん、弟とアナルセックスか。そんなことをするきょうだい、私たちぐらいなもんだろうな……)

それを考えると近親相姦のタブーを犯しているという罪悪感に恐れおののくよりも、あえてタブーに挑戦していることの昂奮が先にたってパンティを濡らしてしまったエリカだ。

やがて、排卵がはじまった。妊娠の可能性が次第に高まる時期だ。生理の終わった日から計算して、春樹は次の決行日を決め、三日前にそれを日記に記した。

そして昨日、差し出し人の名前のない封書がエリカに届いた。

筆跡を変えてあるが、春樹が出したものだとすぐわかる。

中身は予想どおりデジカメに使ったＳＤメモリーカードだった。凌辱直後のエリカの無残な全裸肢体が七枚、記録されている。

ワープロで印刷された便箋には、こう書かれていた。

『エリカさんへ、お楽しみの記念画像。地下室の友人より』

もしエリカが本当に見知らぬ強姦魔に襲われたとしても、この画像が脅迫のために送られてきたことはすぐわかる。エリカに金品を強要してもたかがしれている。さらに肉体を要求するための小道具だ。

(しかし、私も感じてたんだなー、こんなバカみたいな顔しちゃって……確かにこんな写真をバラ撒くと言われたら、ふつうの娘ならなんでも言うことを聞いちゃうわね)

そんな感想を抱いて、昂奮してまたオナニーをしてしまった。

そのうえ今日の電話だ。春樹は日記に自分の言う台詞のだいたいのことを書いているから、エリカはなんなく恐れおののく被害者の声で演技することができた。

(こういう演技の連続というのは、しかし疲れる)

毎日、エリカは何くわぬ顔をして弟と顔を合わせ、話を交わす。春樹も同じだ。春樹は姉は何も知らないと思っているが、エリカは知っている。エリカはそのことをチラとも匂わせていない。

（異常だよね、私たちって……）

これがどこまでエスカレートしてゆくのか、怖い気持ちがしないでもない。

ただ、とことん弟の凌辱劇のヒロインをつとめてやろうと思う気持ちが強まってきた。不思議なもので二度も犯されてみると情が移るというか、自分の肉体に飽くなき欲望をぶつけてくる春樹を「かわいい」と思うようにさえなった。

（さて、今度はどんな手でくるのか……）

そういう楽しみさえ湧いてくる。そこで弟の日記を覗いてみる。ちゃんと計画のすべてが書きこまれている。

（えーっ、こんなことをやらせるの⁉　あいつ……）

エリカは読みながら顔を染めた。それだけで昂奮してしまい、パンティがじわっと濡れた。

夜十二時。いつもどおりの交差点で降りず、エリカはタクシーの運転手に左折してしばらく進むように頼んだ。やがて右手に小さな公園が見えてきた。

「ここで停めてください」

「はい」

タクシーの運転手は少しも怪しまず、若い女性客を降ろすと走り去った。

『田園町三丁目公園』

そう記した門柱が立っている。ごく当たり前の、住宅地のなかにある、ブランコ、滑り台、ジャングルジム、砂遊び場——などが設けられた公園だ。中央にある水銀灯が無人の広場を寒々しい光で照らしていた。

広場の奥に、公衆便所が設けられていた。高級住宅街のなかにある公園だからか、割りと小綺麗な造りで、よく維持されている。

左右を見渡して誰もいないのを確かめ、エリカはそうっと公衆便所に入っていった。

内部も清掃がゆき届いているほうだ。女性用のは三つ個室が並んでいて、一番奥の個室のドアには、電話で告げられたように『故障中』という紙が貼られていた。

エリカはそのドアを開けた。

和式便器があるだけの、ふつうの女性用トイレだ。またぐとお尻はドアのほうを向く形になる。

素早く入ってドアを閉めた。

一日『故障中』の紙が貼られていたせいか、誰も使わなかったのだろう。まったく汚れていない。臭気もさほどでもない。照明は天井に蛍光灯が一つ点灯しているだけで、仕切りのなかには直接あたらないので、けっこう暗い。窓はない。

「ふう」

もう胸がドキドキいっている。

（なかに入れば、わかるところにあるはずだけど……）

見渡すと、頭の上にある荷物棚にデパートの紙袋が畳んで置かれているのが目についた。

（これだわ……）

袋の中身を見てみた。日記に記されていた小物がちゃんと入っている。

まず小型のICレコーダー。それと金属製のおもちゃの手錠が二個。鍵はついていない。

この前の凌辱の時にも使われたのと同じアイマスク。白いプラスチックの、穴がいくつも開いたボールの真んなかに金属製の軸が通っていて、その両端に細い革の尾錠つきベルトがついている。この物体は、もし春樹の日記を覗いていなかったら、何に使うものか見当もつかなかっただろう。

エリカは期待と不安に震える手でイヤホンを耳に押しあて、ICレコーダーの再生ボタンを押した。

声の主がわからないように録音スピードを少しあげたために、キンキンと子供のように響く声だった。

「やあ、大野エリカ。夜道をご苦労さん。これから言うとおりにしておれが来るのを待て。まず、洋服を脱いで下着になれ。電話で言ったとおりの、店の、スケスケの下着を着てきただろうな？　そうでなかったら、おまえはひどい目に遭うことになるぞ。

靴は履いていていい。下着とストッキングとハイヒールだけになったら、着ているものはこのICレコーダーが入っていた紙袋に詰めて、上の棚に載せておけ。

それからドアの鍵を外せ。これを忘れるな。

白いプラスチックの球はボールギャグというものだ。軸を横にして咥えろ。口をいっぱいにしてなかに押しこむんだぞ。それから首の後ろで尾錠を留める。ちゃんとやれよ。

次に、手錠を片手に持ったまま、アイマスクをかけて目を覆え。

ちゃんと目隠しをしたら、自分で両方の手首に一つずつ手錠をかけろ。輪っかを嵌めてからギュッと引っ張ると締まる。抜けないように確実に嵌めろ。嵌めたら、それぞれの手錠のもう一方の輪っかを真正面のパイプに嵌めろ。ちゃんと嵌まるようになっている。その状態で、おれが行くのを待て。

いいか、十分以内に命令どおりにしろ。言うとおりにしないと、あの画像がコピーされてみんなにバラ撒かれる。それを考えろ」

録音された声はそれで終わっていた。

（まったく春樹も、いろいろなことを考えるのね）

改めて感心しながら、念のためにもう一度再生して、手順を確かめた。

最後に自分がどういう状態になるかを想像すると、それだけでカッと全身が火照り子宮が疼いた。

エリカは着ていたジャケット、薄手のセーター、タイトスカートを脱いでひとつひとつ畳んで紙袋に詰めた。バックと一緒に上の網棚に載せる。

さっきまで店で働いていたのと同じランジェリー姿になったわけだ。

黒いナイロン製総レース、ハーフカップのワイヤ入りブラジャー。赤い、股布の部分が菱形になってかろうじて秘毛の半分ぐらいを覆っているTバック。

田ノ倉は最近、エリカに対して「もっとセクシーなやつで客を煽れ」とハッパをかけるので、今日のなどは、お尻のまるみがほとんど全部はみ出している。そのせいか、指名がかかる回数は、いまのところコンパニオンのなかで一番だ。

そして、ガーターベルトでギュッと吊り上げた黒いナイロンストッキング。履いているのはTバックに合わせた赤いエナメルのハイヒール。

まずボールギャグを口のなかに押しこみ、ベルトで装着した。

（うわー、口がこんなに開けっぱなしになるのね）

絶叫した時でもなければ開けることはないというぐらいに口がOの字にこじ開けられたままになる。ベルトを首の後ろにまわし、尾錠で留めた。

「うー……」

何か言おうと思っても、出てくるのは意味のない吐息というか呻き声でしかない。

(鏡がなくて幸いだわ。私って、さぞバカみたいな顔に見えるに違いない)

実際、深夜、公衆便所で弟に犯される——それも肛門を——ために、姉が下着姿になって待つということ自体、とんでもなく信じがたいバカげた行為である。なのにエリカの秘部はTバックの下で熱く潤んでいるのだ。

(もー……私はやっぱり淫乱マゾ女なのかしら?)

田ノ倉が評した言葉を胸で反芻しながら、エリカは二個の玩具の手錠を取り上げた。玩具とはいえ本物そっくりに作られている。手首に嵌まってしまえば鍵がない限り外すことはできない。鋼鉄の冷たさを感じるとランジェリー姿の娘の全身に鳥肌が立った。

(これを嵌めて、春樹が来なかったら?)

そんなことはないと思いたいが、ここに来る途中で春樹が交通事故に遭うということだって考えられるのだ。

その時、自分は無人の公衆便所に何時間も、下着姿で閉じこめられるのだ。声も出せず目も見えない状態で。そして助けに来た誰かが、公園で寝泊まりしているようなホームレスだったら……。

（バカ、そんなことがあるわけないじゃないの）

自分に言い聞かせて、指示どおりにドアの内鍵を外した。これで、誰がやって来ても侵入を拒めない。

次にアイマスクをかけた。たちまち暗黒の世界に突き落とされる。

ぶるぶる震える手でまず右手首、次に左手首に二個の手錠の片方の輪を嵌めた。冷たい輪がギュッと手首に食いこむ感触が再びゾクゾクするような戦慄を与え、鳥肌が立つ。

（さあ、これをやったら、もう俎の上の鯉。どうにもできないのよ……）

便器にまたがって立ち、手探りで真ん前の壁に手を伸ばす。頭上のタンクから便器に流れ落ちる水のパイプが垂直に壁に沿って立ちあがっている。金属パイプと壁の間には隙間があるので、手錠の輪っかを嵌められる。

（よく調べたものね……）

感心した。

カチャリ。カチャリ。

二個の手錠がそれぞれパイプと手首を繋いでしまった。もう、どんなにがんばっても逃げ出せないのだ。そう思ったとたん、軽いオルガスムスのようなものを感じてしまったエリカだ。股間がねっとりした液で濡れそぼるのがわかる。

（ああ、早く来て。春樹……）

夜ふけになるとコートが欲しいぐらいの気候である。公衆便所のなかは外気が直接吹きこむわけではないが、やはりジッとしているとガタガタ震えがくる。

ボールギャグは唾液を吸い取ることができない。口腔に溜まった唾液がやがて溢れてきた。顎を伝い、糸を引いて真下の便器にしたたり落ちた。

ピチャ。ピチャ。

（こんなに唾が溢れ落ちて、最後に一滴もなくなって喉がカラカラになるんじゃないかしら？）

そんな不安さえ湧いてくる。とにかく密室に自分で自分を閉じこめてしまったのだ。ホームレスがフラリと入ってきて、エリカを偶然に発見する——というような妄想が浮かんでは消え、消えては浮かぶ。

どれほど待っただろうか。五分のような気もするし三十分のような気もする。昂奮が冷めて後悔が生じた頃、

ガタ。

物音がした。公衆便所の入口からだ。

（ああ、やっと……）

緊張が失せて、また新たな昂奮が湧き起こってきた。春樹はやはりこの近くに身を潜めて姉が警察などに通報した場合に備えていたのだ。

（日記にそう書いてあったのに、バカみたい……）

エリカは安堵した。

忍ばせた足音が女性用トイレに入ってきた。

ギッ。

ブルブル震えているエリカの背後でドアが開いた。サッと冷たい空気が背や臀部を打つ。

「ふふ」

満足そうな含み笑い。指示に忠実に従っているのを確認したからだ。エリカは戦慄し、同時に夥しい液を秘唇から溢れさせた。

第十一章　公衆便所の菊口責め

春樹は一時間も前から、公衆便所を眺められる植えこみの陰にうずくまっていた。万が一、姉が警察に連絡して待ち伏せをかけられる可能性を考えたからだ。しかし、それは杞憂だったようだ。公園の周囲はシンと静まりかえっていた。

やがて真夜中すぎ、タクシーからエリカが降りた。

周囲を見渡してから、おそるおそるという様子で公衆便所のなかに姿を消した。

さらに二十分待った。姉が指示に従ったことを確信して、春樹は公衆便所に入っていった。

昼の間に『故障中』の紙を貼っておいた個室のドアを開く。

姉は完全に指示に従って、凌辱者を待っていた。視野いっぱいに黒いブラジャー、ストッキング、赤いTバックにハイヒールというエリカの後ろ姿は、彼の邪悪な欲望を瞬時に沸騰させた。

（姉さんったら、もう濡らしてるじゃないか）

Ｔバックが食いこんだ秘部のあたりが会陰部から内腿にかけてベットリと濡れている。股布で吸収しきれないほどの愛液が溢れているのだ。

（まったく、骨の髄までマゾだったんだ！）

春樹は改めてそのことを思い知らされた。

「………」

自ら嵌めたボールギャグで口を塞がれ、溢れた唾液が糸を引いて便器にしたたり落ちている。

両手は前方の金属パイプに手錠でしっかりと繋がれ、美人女子大生は、やや前かがみになって、臀部を突き出す姿勢で彼の凌辱を待っている。

（これで、またぼくの思うがままだ！）

春樹は宙に浮きそうなほどの高揚感を味わった。

この間のように地下室で犯せればいいのだが、あの建築現場では工事が進み、もう地下室には鋼鉄のドアが取りつけられて夜間は施錠されるようになったのだ。

それでこの公衆便所を選んだのだが、めったに人が来る場所ではないとはいえ、絶対に誰も来ないという保証はない。夜間パトロールの警官の目もある。そういう場所だということがいっそうスリリングな昂奮を呼ぶのは確かだが、いざ何かあった時のことを考えて、周囲に注意しながら行動する必要がある。

Tバックの腰ゴムを摑み、グイと引き下ろし双臀を丸出しにした。

「う」

ビクンとうち震える若い娘の肢体。

「ご褒美だ」

含み綿で変えた声で、姉のゴムまりのような肉丘を平手で打ち据えた。

バシーン。

「うぐー……」

揺れるヒップ。悶える背、乱れる黒髪。

「くらえ」

ビシッ。バシッ。

「おー、あぐ、ウグッ」

くぐもった悲鳴とムウッと立ちのぼる牝の蠱惑《こわく》臭。

ひとしきり逃げようのない姉に強烈なスパンキングを与えて悶え狂うさまを楽しんでから、後ろから抱き締めてやった。ブラ部分のハーフカップをぐいと引きおろし、こぼれ落ちた碗形の乳房を鷲摑みにして揉み潰す。

「ぐー、あぐうぐく」

唾液の糸を左に右に飛ばしながら苦悶する女体。春樹はますます昂る。

(もっと苦しめてやるぞ、姉さん。本当のマゾなら耐えてみせるんだ)

ジーンズのポケットからプラスチック製の洗濯ばさみを二つ取りだし、せりだしている赤みを帯びたピンク色の乳首に嚙ませた。

「うぐー、あが！　ググッうぐー！」

乳首を嚙み潰される激痛にのけぞり悶え、哀願の言葉を発するエリカ。だがその言葉は言葉にならない。

「痛いか。取って欲しかったら、そのままの格好で小便をしてみろ」

耳もとにいやらしく囁いてやる。

「!?………」

この拷問の真意を悟ったのだろう、アイマスクの下に驚きの表情が浮かんだ。

「さあ、出せ。出さなきゃいつまでも苦しむんだぞ」

エリカは諦めたようだ。乳首の激痛よりは放尿を見られる羞恥のほうを選んだ。便器にしゃがみこみ、

「ぐー……」

必死に下腹に力を入れはじめた。Tバックはすでに膝まで引きおろされているから、放出の障害にはならない。

「うう、うう――……」


(ええっ、どうして出ないの?)

エリカはボールギャグを力いっぱい嚙み締めながら、必死になって放尿しようとしていた。肌寒いなかに二十分も放置されていたのだ。膀胱に尿はだいぶ溜まっていて、春樹が来る前から尿意を覚えていた。だから簡単に出せると思ったのだが、彼女の意思に反して尿道はしっかりと閉じて、一滴の尿も洩れてこない。

(痛い。ああっ、痛い! 早くおしっこを出して洗濯ばさみを取ってもらわないと……ああ、どうして出ないの⁉)

苦悶は五分もつづいた。エリカは、放尿とは誰にも見られる恐れがない環境のなかで初めてスムーズに行なわれるよう習慣づけられている行為だと初めて知った。

チョロチョロ。

細い、最初はほんの僅《わず》かの流出でも、その時はホッとした。体の横から弟が身を乗りだすようにして秘毛の底から尿が迸るさまを眺めているようだが、そんな恥ずかしさよりも、乳首を痛めつけている小さな責め具を除去してもらえる歓びのほうが大きかった。

「ほら、そんなチビチビじゃダメだ。全部出さないと取ってやらないぞ」

「むー……うふぐぐくッ」

さらに力んだ。

シャーッ。

ようやく堰《せき》が全部切れた。勢いよく温かい液体が迸りでて、便器の底を叩いた。新鮮な尿の香気がたちのぼる。

「よしよし。それじゃあ取ってやろう」

ようやく洗濯ばさみを外された。

「あうッ……ハーッ」

苦痛から解放されたとたん、まだ股間から雫を垂らしているエリカは、その時になって急に激しい羞恥に打ちのめされた。

(弟が見ている前でおしっこをして見せたなんて……いままでマスターにも見られたことがないのに……)

カーッと頭に血が上った。反射的に涙が溢れ、嗚咽がこみあげてきた。

「泣くんじゃねぇ。バカ。まだ序の口だ」

バシッとまた尻を叩き、春樹は小馬鹿にしたように笑った。

「今日、ここにぶちこまれたらガキができるって。ん？」

尿で濡れている秘裂を指で嬲る。エリカは必死になってうなずいた。

「ガキを孕《はら》ませるのもかわいそうだ。しかし強姦にコンドームとは面子《メンツ》にかかわる。だから、絶対妊娠しないところを犯してやる。ここだ」

「ひっ！」

臀裂をぐいと割り、ひっそりと隠れていたアヌスの蕾に触れてきた。

予想していたが、モロに菊襞の部分をいじられて、エリカはビクンと震えてヒップをうち揺すった。

「はは。締まりのよさそうな穴だな。どれ、見せてみろ」

春樹がかがみこんで、指で広げた臀丘の谷間に顔を近づけてきた。息が肉孔《にくあな》にかかる。

「ふむふむ、けっこう綺麗な形をしている。よし……」

ゴソゴソと音がして、やがて冷たい、トロリとしたものが臀裂の上の部分になすりつけられた。ベビーオイルのような潤滑剤らしい。

「力を抜け。まずよく揉んでやる」

括約筋のすぼまりの中心にオイルをべっとりなすりつけてから、いきなり人差し指が侵入してきた。

「うぁぐー！」

「こら、力を抜けと言ってるのに。準備ができなきゃケツが裂けるぞ。それでもいいのかよ！」

脅かしながら直腸の奥まで人差し指を埋めこんで、内部で腸壁をグニュグニュと押したり掻きまわしたりする。ここを玩弄されることを予想して、エリカは排便の後でよく洗っておいた。

「なかも綺麗だ。感心感心」

一度引き抜いて汚れを点検してから、また挿入し、わざといやらしく指先を動かして内部を揉みほぐす。

「あー、ぐうっ、うがあはぐ」

直腸をいじられる奇妙な感覚にエリカの全身が熱を帯びてうねりくねる。

「初めてか？　ケツを犯《や》られるのは？」

春樹が訊いた。正直に答えられるものではない。エリカは恥ずかしそうにうなずいてみせた。

「よし」

背後の若者は立ち上がった。ジッパーが引き下ろされた音。

ズキンズキンと脈動している他は、肉とはとても思えない硬いものがアヌスの中心にあてがわれた。

(早く犯して！　きみの元気で凜々しいペニスを、お姉さんのお尻の穴にぶちこんで！)

エリカは胸のなかで叫んでいた。


(いくぞ)

背後から姉の腰を抱えこんだ春樹は、怒張した欲望器官を姉の排泄のための肉孔に押しつけて力をこめて腰をすすめていった。

「むー、うぐ、ぐぐ」

「息を吐け。力を抜け」

ＳＭ雑誌の『アナルセックス入門』という記事を熟読して得た知識で、春樹は姉の肛門を犯そうとしている。それには充分なマッサージと潤滑をほどこせと書いてあった。だから最初の僅かな抵抗のあと、先端部が意外にやすやすとめりこんでいった時、それが何度かの体験によって拡張されていたからだとは考えなかった。

（おれは、姉さんの残っていた処女を奪っているんだ！）

未熟な運転手が初めて大排気量のスポーツカーを動かした時のような高揚感。そして狭い関門をこじ開けて、なめらかな壁を持つ洞窟に侵入してゆく時のスリリングな感覚。何よりも、姉の肛門を犯しているという、二重に倒錯性を帯びた行為自体が彼の昂奮を一気に高めた。

「うむ、むう、ムッ」

「はあ、はあ」

春樹は夢中になって姉の排泄器官へ抽送をつづけた。

彼の右手は犯される者の下腹部へとまわされている。蜜液をしたたらせている秘唇の上端、小豆大に勃起しているクリトリスをいじってやる。エリカの口からも唾液とともに快感の呻きが溢れてきた。

やがてギュンギュンと姉の背がそりかえった。激しく昂奮していたので、クリトリスの刺激によってあっけなく絶頂してしまったのだ。

連鎖反応で子宮が収縮し、その動きが直腸に伝わった。括約筋がキュッと締まり、それが春樹を限界に追いやった。

「おう、おうッ！」

若者は叫び、エリカの腸奥におびただしい白濁液を噴射させて果てた。

第十二章　パーティへの招待状

土曜日。

エリカが出勤すると田ノ倉に声をかけられた。

土曜は客の入りは少ない。田ノ倉はマネージャーに店を任せて、めったに姿を現わすことがないのに。

「今夜は店に出なくていい。おれとつき合え」

忙しいという理由で、彼はこの一カ月、体を求めてくれなかった。

(きっと別の子に関心が移ったんだわ)

そう思っていた。弟の子供っぽい凌辱計画を知りながら、生贄になってやろうなどと考えたのは、その欲求不満が影響している。

「えーっ、マスター、どういう風の吹きまわしですか?」

　エリカとしてはせいいっぱいの皮肉を、精悍な容貌の中年男はニヤニヤ笑いで受け止めた。

「誤解するな。おれがいま関心あるのは、おまえだけなんだ。焼餅を焼くなよ。とにかく今夜は面白いパーティがあるんだ。そこに連れていってやる」

「パーティですか？」

　がっかりした。ホテルかどこかで、彼に自分のマゾ性を思いきり満足させて欲しかったからだ。

「ふつうのパーティじゃない。出席者は全員、レディを同伴する。レディはセクシーな衣装を着けてな。わかるだろう？」

「それって……乱交パーティですか」

　エリカは目を丸くした。田ノ倉はそういうのには興味がないと思っていた。

「乱交というのとは少し違うが……そういうのはイヤか？」

「私を誰かに抱かせたいんですか？」

　男が一人の女に飽きてくると、刺激を求めて誰か別の男に抱かせたくなる——と、客の一人が言ったことがある。それがスワッピングとか乱交パーティの主な動機だという。

　田ノ倉はズバリ問われてもうろたえることなく、悠然とうなずいた。

「ハッキリ言うと、そうだ。ただ何人もの男に抱かせるわけじゃない。相手は一人。そいつはおまえもよく知っている男だ。向こうもおまえに興味を抱いている」

「えーッ、誰ですか、その人？」

店で彼女を指名する客のあれこれを思い浮かべてみた。自分に興味を抱いている男というのではあまりにも数が多すぎる。

「それはお楽しみだ。決しておまえを失望させない——とだけ約束する。すごく刺激的なパーティだぞ。パーティの前に素敵な下着を買ってやろう。どうせはじまるのは遅い時刻だ」

その誰かに自分を抱かせて、田ノ倉は誰を抱くというのだろうか。エリカは背筋がゾクゾクするような昂奮を覚えた。マゾ性を刺激されたのだ。それを押し隠して淑《しと》やかにうなずいた。

「わかりました。お供します」


エリカが田ノ倉に誘われていた頃、大野家の電話が鳴った。

春樹が出ると、女性の声だった。

「もしもし、大野さん？　大野春樹さんですね？」

「そうです」

女の声は、そう若くはない。落ち着いたものの言い方をする。三十代だろう。

「私、ホワイト・レディです。あのＤＶＤ、ご覧になった？」

「あッ」

覚悟していたものの春樹は衝撃を受けて絶句してしまった。

――その日の午後のことだった。予備校から家に帰ると、彼宛に小包が届いていた。

開けてみると一枚のＤＶＤだった。ラベルにはワープロで印字されたタイトルが記されていた。

『真夜中の姉弟・相姦凌辱編』

（な、なんだよ、これ⁉　おれ、こんなＤＶＤ、どこにも注文した覚えはないぞ！）

便箋が同封されていた。それも印刷された文章だった。

『大野春樹さま。

私はホワイト・レディというものです。いまはまだ本名を名乗る段階ではありませんので、仮名をお許しください。

私どもは興味ある動画を入手しました。あなたさまにも大変興味のある内容だと思います。ぜひご覧下さいませ。なぜ、このようなものをお送りするか、その理由は追ってご連絡いたします。なお内容は非常に重大なプライバシーに関係しておりますので、必ずお一人でご覧になりますように』

(なんのことだかサッパリわからん。ＤＶＤ通販の新手の広告かな?)

それにしては意味ありげな文章である。しかもタイトルが——。

奇妙な胸騒ぎを覚えた。

突然に何かを送りつけ、脅かしてから電話で要求する。それはついこの前、姉のエリカに対して自分が行なったことではないか。

姉は出かけていた。彼はノートパソコンのＤＶＤプレーヤーでそれを再生してみた。

「うわっ」

一番最初に画面に映しだされた映像を見たとたん、春樹は飛び上がった。

画面いっぱいに姉が横たわっていた。ソファの上だ。

カメラはそれを真上から映している。

姉が着ているのは黒いワンピースドレス。

ミニ丈の裾がまくれあがって、赤いパンティと黒いサスペンダーに吊られた黒いストッキングに包まれた脚が丸見えだ。

(こ、これは。いったい……)

信じられなかった。一カ月前、初めて姉を犯した時の映像ではないか。

彼はいま、その同じソファに座ってテレビに向かっているのだ。

真上を見上げた。そこにはシャンデリア型のペンダント式照明器具が天井からぶら下がっている。

(あそこに隠しカメラが⁉)

画面を停止させておいて、椅子を持ってきてシャンデリアの上を調べてみた。

何かを取りつけるために工作した痕跡が微かに認められた。超小型の盗撮カメラだろう。

最近は煙草の箱程度の大きさでくっきりとした映像を収録できるビデオカメラが売り出されている。それにリモートコントロール装置を取りつけると、屋外からでも操作できる。

(誰が、いつ、こんなことを？)

ハッと思いだした。いつだったか電話の具合が悪いというので、作業員二人が家のなかに入ってきたことがある。彼らは二手に分かれて家のなかを動きまわった。

(あいつらが盗撮用カメラを取りつけたのか！)

しかしわからないのは、なぜこの家を選び、盗撮カメラを仕掛けたのだろう。誰が春樹の秘密計画を事前に察知して盗撮しようと考えたのだろうか。

(そんなことは不可能だ……)

気がついたら、冷汗をかいてブルブル震えていた。

またＤＶＤを再生した。あの夜、昏睡させた姉を三度にわたって犯す一部始終が克明に記録されていた。

さらに驚いたことに、その次には、建築現場の地下室の中で、蠟燭の光に浮かびあがる、縛りあげた全裸のエリカを犯す自分も映っていた。高感度カメラを使ったらしく画像は粗いが、見るものが見れば自分と姉だとハッキリわかる。これも上からの撮影だ。ベニヤ板で覆った入口の隙間から盗撮したものだろう。

春樹はガタガタ震えだした。

(こいつら、ぼくの考えていることを何から何まで知って盗撮している！)

地下室での凌辱シーンが終わったあと、なんと、ついこの前の公衆便所での映像も映し出されているではないか。

隣の個室から仕切りごしに頭上から撮影している。

この部分の映像は途中、エリカが苦しみながら放尿するところからはじまっていた。つまり春樹がスパンキングに夢中になっている間、盗撮者はこっそりと隣の個室に忍びこんだのだ。

(どういうつもりなんだ。こいつは、ぼくらの秘密をすべて知り尽くして……)

春樹が撮ったデジカメ画像の比ではない。

実の弟が姉をさまざまに凌辱する凄まじい光景が映っているのだ。彼はしばらくの間、腰が抜けたようになっていた。

わかるのは、かなりの資金を持つしっかりした組織が背後にあるということだ。春樹の行動を四六時中監視するなど、個人でできるわけがない。

どういうふうにして選ぶのか知らないが、とにかく一軒の家に入りこみ、盗撮用のカメラを据えつける。ひょっとしたら、彼の部屋にも取りつけてあったのかもしれない。電話も室内の会話もすべて盗聴されていたのではないか。

彼はあわてて自分の部屋を点検してみた。

「うーん、くそッ！」

机を見下ろす本棚の上の、ふだんは使わない辞書の類が少し前に動いている。そこに超小型カメラが据えつけられていたのだろう。そこからなら、広角レンズを使えば机に向かっている彼の姿がハッキリと映る。ベッドも。

（ということは……）

春樹は怒りと恥ずかしさで目の前が真っ赤になった。

姉の汚れたパンティを顔に押しあて、ペニスをくるんで自慰に耽る姿まで記録されたことになる——。

（なんというやつらだ！）

カメラが回収されたということは、二人の留守中に侵入していったということだ。たぶん電話工事を装ったのと同じ連中だ。形跡が残っていないのは合鍵を使ったからだろう。スパイ並みのプロの仕業である。

(しかし、このホワイト・レディと名乗るやつは何が狙いなんだ?)

それがわからない。脅迫するならもっと大金持ちを狙いそうなものだ。春樹は一介の受験浪人にすぎない。

それからというもの、春樹は何も手につかない状態だった。

待つもほどもなく、そのホワイト・レディからの電話だった。

「ふふっ、驚いた? 春樹くんはずいぶん大胆ね。実の姉さんをこんなふうに犯して……それも必ず三回は出してるじゃない。若いのね、羨ましいわ」

「な、何が目的なんですかッ⁉ ぼくをどうしようというのです?」

「決まってるじゃない。脅迫よ」

女の声は追い詰めた鼠《ねずみ》をいたぶる猫のように余裕がある。

「脅迫って、ぼくはお金なんかありませんよ」

「お金が欲しいわけじゃないの。欲しいものはいろいろあるから、あとで一つずつ要求してゆくけど、とりあえず今夜欲しいのは、キミの肉体」

「肉体ぃ⁉　ぼくの⁉」

「そういうこと。いますぐ支度したほうがいいわね。まずお風呂に入って体を清めて待ちなさい。一時間以内に迎えが行くわ。その車に乗れば私に会えます。お話はそれからゆっくりしましょう」

　電話は一方的に切れた。

（クソッ、何がなんだか、まったくわからない）

　とにかく女が言ったように浴室に行き、シャワーを浴びた。そう命令するからには、言ったとおり彼の肉体が目当てなのだろう。

（年増女が若い男の肉体を欲しがるのか。それにしては手がこんだ脅迫だ。若い男なら街でいくらでも見つかるだろうに……）

　きっかり一時間後、玄関に男が立った。

　おかかえ運転手の制服制帽を着ている。一目見て、あの電話工事の作業員だとわかった。

「ずいぶん職業が変わるんだね。この前とはずいぶん違った服だ」

　皮肉を言ってやると、ニヤリと笑って言いかえした。

「背広も着てたんだよ。電車の隣に座った時は……覚えてないのか」

「あっ」

姉が《ブラック・アンディーズ》に勤めていることを知ったのは、電車のなかで隣に座った二人のサラリーマンが、そのことを話題にしていたからだ。彼らは『月刊ピンクナイト』という雑誌を座席に置き去りにしていった。まるで春樹にくれてやるという感じで。

（そうだったのか……）

あの時からすでに陰謀がはじまっていたのだ。彼らの目的は、春樹に姉のアルバイトを教えることにあったのだ。ということは、春樹の凌辱計画など子供だましに思えるほど、綿密に立てられた大がかりな陰謀ではないか。謎は深まるばかりである。

門の前に停まっていたのは、黒塗りのベンツ560SL。運転手はうやうやしくジーンズにセーターという若者を後部座席に乗せた。

「あんたに説明してくれと言っても無理かな」

一応声をかけてみた。

「無理だよ。説明は奥様がすることになってる。さっき電話で話しただろう？」

「奥様……？　ホワイト・レディって人が？」

「そう」

運転手は最後まで無言だった。車で連れていかれたのは夢見ケ丘パークランドという、田園町よりさらにあとに開発された住宅地だ。ここは豪邸が立ち並ぶことで有名である。

そのなかの一軒、周囲に高い塀を巡らせた宏壮な邸《やしき》がベンツの目的地だった。運転手がリモートコントロールで正面の門を閉ざしている鉄の扉を開けると、広い車まわしのある洋館の前の駐車場に入った。駐車場にあるのは純白塗装のジャガーが一台だけ。ベンツはその横にピタリと停まった。運転手が言った。

「そこの玄関に入って右のインターホンのボタンを押すんだ。ドアが開くから廊下をまっすぐ行く。そうすると奥様が迎えてくれるだろう」

春樹が降りるとベンツは走り去った。若者は鬱蒼《うっそう》とした庭木に囲まれた洋館を見上げた。古風なデザインで蔦《つた》がからまって一見古びているが、建物自体は新しいものだ。

(すげぇお邸だな。わが家の何倍も広いぞ。持ち主はいったい何をやってるんだ？)

とにかく脅迫の持ち主が金目当てではないことは確かだ。

(ここまで来たら、もう逃げ出すわけにはゆかない)

春樹は運転手が教えてくれたとおり、インターホンのボタンを押した。するとオートロックの玄関ドアがスッと開いた。

玄関ホールはまるでホテルのように広い。内装も豪華だ。壁にはよくわからないが値段の高そうな大きな油絵。しかしほとんどが裸婦で、淫猥な雰囲気が立ちこめる。

「来たわね。大野春樹くん」

呆然と周囲を見渡していた若者は、ハッとして声のするほうに振り向いた。

奥へつづく廊下のなかほどに女が立っていた。

あまりにも妖艶な姿に春樹は息を吞んだ。

年齢は三十を少し過ぎたところか。見事なプロポーションのゴージャスな肢体を包んでいるのは、真っ白なシルクのチャイナドレス。太腿の付け根までのスリットから、エリカも負けそうななめらかで白い肌が覗いて見える。髪は男のように短く刈っているのだが、それが不思議に女らしさをきわ立たせている。そして容貌は女優も顔負けの美貌だ。特に人の心を見透かすような黒い大きな瞳。猛禽のような鋭さと慈母のような優しさが同時に感じられる。

ルージュを塗りこめた唇が開いた。

「どうぞこちらへ。ゆっくりお話ができるから」

ふかふかした真紅の絨毯を踏んで案内されたのは、本物の暖炉が据えられた居心地のよさそうな客間だった。窓からは邸の南側に広がるあおあおとした芝生の庭。

すべての調度が最高級の品だということは、説明されなくてもわかる。

「まぁ、いっぱいやって落ち着いて」

ソファに座らせた春樹にグラスを手渡し、よく冷えたシャンパンを注いだ。緊張しきって喉がカラカラだったから、春樹はそれをグイと飲み干した。信じられないほど美味だった。

「あなたは誰なんですか？　こんなところにぼくを呼びだして、いったいどういうつもりなんです？」

　圧倒されっぱなしの春樹は、ようやく質問の言葉を口にした。

「自己紹介するわね。私は田ノ倉靖美。夢見銀座通りにある《ホワイト・レディ》という喫茶店をご存じ？　そこの経営者です」

「あっ、姉さんがバイトをしていたところか」

「そうよ。《ブラック・アンディーズ》へは私が紹介したの。あなたが、お姉さんは堕落したと思っているのなら、その張本人は私ということになるわね」

　そう言いながら、正面の肘掛け椅子にゆったりと身を沈めた美女は優雅に脚を組んだ。

　スリットの奥に白い三角形が見えた。そして白いサスペンダー。素足と見えたが実は透明に近いストッキングを履いているのだ。下着はホワイト・レディという名にふさわしく、すべて白で統一しているらしい。しかしレースの編み目の向こうに透けて見える黒い逆三角形が悩ましい。

　春樹は無理に蠱惑的な眺めから目をそらし、もう一口、美味な泡立つ酒を啜った。

「しかし、なぜぼくの家に盗撮カメラなんか仕掛けたんですか」

「カメラだけじゃないのよ。盗聴器も三台あったの。あなたたちの家での行動はすべて私たちに筒抜けだったわけ」

「なんてことだ。犯罪ですよ、それは！」

「百も承知よ」

美女の唇からは笑みが絶えることがない。

「もし警察に行きたかったらどうぞ。私はせいぜい罰金を払うぐらいでしょうね。あなたは実の姉さんを好き勝手に犯していたことがバレる。どっちを選ぶ？」

そう言われてはグウの音も出ない春樹だ。

「……とにかく、何が狙いなんです」

「まぁ、これを見て」

大型画面のテレビのリモートコントローラーを操作した。すでにセットされていたＤＶＤが再生された。

「うっ、これは……」

自分の勉強部屋だ。

本棚の上に置かれた盗撮カメラの映像である。時間は昼間。誰もいない。

やがてそうっとドアが開き、姉のエリカが入ってきた。タンクトップにショートパンツ。まだ残暑の厳しい時期だ。

彼女は勝手を知った様子で春樹の使っているノートパソコンの電源を入れ、キーボードを操作した。

「えーっ⁉」

春樹は自分の目を疑った。それが秘密の計画を書きつらねた日記だということは、春樹が一番よく知っている。姉は熱心に画面に表示されている文字を読んでいる。

春樹は頭を殴られたようなショックを受けた。姉はずっと自分の日記を覗き見していたのだ。だとしたら、彼が立案した凌辱計画は、すべて事前に知られていたことになる。

「うーん……」

自分の目が信じられず、春樹は頭をかかえて唸った。まるで悪夢を見ているようだ。靖美は若者の混乱を面白そうに見ている。

「ちょっとショックだった？　だけど、これが真実なのよ。エリカちゃんはずっと前からあなたの日記を覗き見してたの。だからきみが考えたことをすべて知って、そのうえで何も知らない被害者を装っていたのよ。きみも少しは罪悪感で悩んだかもしれないけど、そんな心配は無用。エリカちゃんは楽しんでいたんだから」

画面が変わった。エリカの寝室だ。

ベッドの上で全裸の姉がうつ伏せになって乳房を揉み、お尻を持ち上げて股間をまさぐって「はあはあ」と呻きながら悶えている。強烈なオナニーシーンだ。

「わかる？　あなたと同様、エリカちゃんはすごく性欲が強い子なの。男がいないと満足できないし、しかもすごくマゾ性が強いの。それはきみも犯していてわかったと思うけど。それは本人の罪じゃないんだから、きみが犯してあげたのは彼女にとってもよかったと思うのよ。つまり、お互いに楽しんでいたということ」

「はあー……」

呆然と姉の孤独なオナニーショーを眺める春樹。彼が一方的な凌辱だと思っていたことは、すべて姉も察知して協力してくれた、言ってみればお芝居だったのだ。

(道理で、何もかもうまくいったわけだ……)

頭のなかにポッカリ空洞ができたような感じだが、股間だけは猛然と膨脹してきている。

「さて、これからがあなたの本当に知りたいこと。こっちに来て」

純白のチャイナドレスに身を包んだ美女は、客間の奥のドアまで行き、それを開けた。

「ここは？」

ドアの向こうに足を踏み入れた春樹は、またもや意外の念に打たれてポカンと口を開けてしまった。

大広間だった。

ちょっとしたレストランが開けるぐらいで、吹き抜けになった天井もそうとうに高い。広間自体は円形だ。その床の中央が二メートルほど低く落ちこんで、競技場のアリーナのようになっている。直径は五メートルほど。それを囲んでいくつもの座席、ゆったりした半円形のソファと低いテーブルが据えられている。ショーを見せるフロアだろう。

店内に人の姿はなく、照明も僅かだ。

「これはなんのための広間なんです？　お店のようだけど？」

春樹は訊いてみた。どう見ても何かショーを見せるレストランクラブのようだ。赤い絨毯を敷き詰め、柱や調度は黒、壁も黒い、たっぷりドレープのあるカーテンで覆われている。そのインテリアは何かひどく淫猥な雰囲気を漂わせている。年上の美女はうなずいた。

「そうよ。ここは会員制クラブのダイニングホール。お食事をし、お酒を飲みながらショーを楽しむという形式のね。どんなショーかは、言わなくてもわかるわね？」

「セックスショーなんですね」

美女はうなずいた。

「そう。ここに来れば若くてピチピチした娘たちにもてなされて、どんなインポ老人でも元気になる、エロティックなショーを見ることができるの。そして、刺激された会員は娘たちと一夜の歓楽をともにするの。この館のなかの個室でね……」

春樹にもだんだんわかってきた。

「つまり、娼婦の館というわけだ」

「ふふ、早く言えばそうなんだけど、ここの会員になるにはいろいろ資格があるの。ただ金があるとか、有名人だからというだけではなれないのよ。秘密が守れる人、悪い病気を持っていない健康な人、ヤクザや暴力団と繋がりのない人……厳しい資格審査をパスしてようやく会員になれるのよ」

「じゃ、会員の数は少ないでしょう」

「そう。全部で百人もいないわね。ここは毎週土曜の夜に開くのだけど、せいぜい十組集まればいいところね。でも、それだけで充分。正直なところ、あまり営利を考えていないの。私と主人の趣味でやっているようなものだから」

「ご主人……」

奥様と呼ばれているからには夫がある身なのだ。それは誰なのだ。

「主人の名は田ノ倉泰と言うの。《ブラック・アンディーズ》のオーナー」

「そうなのか……」

春樹は呻き、唇を嚙んだ。

「それでわかってきた？」

「あなたのお店は美人女子大生のウエイトレスが多いので有名だ。しかも時給もいい。制服がカッコいいというので憧れの的だ。そうやって集まってくる女の子を《ブラック・アンディーズ》のほうへ移してゆく。その隠れ蓑としてベビーシッターの派遣業までやっている」

「そのとおり。よく読めたわね」

「そして、《ブラック・アンディーズ》で選ばれた女の子はここへ連れてこられる」

「言い忘れたわ。ここは《バルバロス・ルージュ》——赤い異邦人という意味ね。この常識の世界から逸脱した異邦人が集まる場所。そう、夫は自分の店の女の子たちをここのスタッフに選抜するの。もちろん美しく、愛らしく、セックスが好きという子たちをね」

「すごいシステムだ」

感心してしまった。

各国に散らばっている会員は、あらかじめ予約を入れ、土曜の深夜から行なわれる定例のダイニングショーを楽しむ。そして一泊して歓を尽くし、翌日に帰ってゆくという。週に一夜だけの歓楽の館なのだ。

「しかしわからないな。だったら姉さんだけをここに連れてくればいいわけでしょう？　感じでは、ご主人は姉さんを支配してるみたいだから簡単じゃないですか。どうしていろいろ企んで、ぼくを巻きこむ必要があるんですか」

「それは、あなたも必要だったからよ。というか、あなたが主役」

「なんの？」

「ショーの。この《バルバロス・ルージュ》のショーは、そこいらへんにあるセックスショーとは違うの。これを見るために世界の裏側から飛行機を飛ばしてくる富豪もいるんだから」

「それの主役？　ぼくを出演させようというのですか？」

「そういうこと。お姉さんと一緒にね」

突然にすべての疑問が解消した。なぜ、これほど大がかりなことをして自分たちのプライバシーを監視し、時にはそそのかすようなことをしたのか。

「くそ、そうだったのか。ショーというのは近親相姦ショーなんだ！」

美女は婉然《えんぜん》と白い歯を見せて笑った。

「ようやくわかったのね。そうよ。世界でただ一つ、近親相姦ショーを見せる会員制秘密クラブ——それが《バルバロス・ルージュ》なわけ。私たちは何組ものペアの出演者を揃えているけど、常に新しい、お客さまを満足させるペアを見つけなきゃいけないの。というわけで大野姉弟に白羽の矢が立ったというわけ。毎週土曜の夜、出演して欲しいの。もちろん多額の出演料をお二人に払うわ。どう？」

「とんでもない。そんなショーに出るなんて。絶対にイヤだ！　見せ物じゃないんだ！　断る！」

激怒して拒否した若者を平然として眺める女主人——田ノ倉靖美。

「断ることはできないのよ」

「どうして。あんたがぼくらのことをバラせば、ぼくはこのクラブのことをバラす」

「おやおや、誰があなたの言うことを聞くと思って？　ここに来たって、このお部屋があるだけ。何か悪いことをしているなどという証拠はどこにもないわ。それに市長も警察署長も、みんなこのクラブの会員なのよ。そうそう、精神科のお医者さんも何人か会員よ。知ってる？　精神科医二人が同意すれば、誰だってあなたを精神科病院に送りこめるのよ。そんなことはしたくないわ。あたら若い身空を、統合失調症だということで監禁されてしまうなんて。家族の皆さん、さぞ嘆くんじゃないかしら？　美しくて無邪気なお姉さんもね」

「そんなことができるか。ぼくは帰るぞ！」

言い捨てて春樹は美女に背を向けた。

(玄関はどっちだ)

方向がわからない。ふいに眩暈《めまい》がした。床と天井がグルグルまわりはじめた。

「ううっ……」

春樹は頭をかかえてうずくまった。

（くそっ。薬が入っていたんだ）

「無用心なのね。姉さんに睡眠薬入りドリンクを飲ませようとしたあなたが」

美女は哄笑《こうしょう》した。春樹はふかふかの絨毯にゴロリと倒れこんだ。意識を失って。

第十三章　インセストショー

田ノ倉は自分のBMW-M5でエリカを街で一番のランジェリーブティックへと連れていった。

「今夜のパーティのためのランジェリーだ。金に糸目はつけない。一番好きなのを選べ」

「あの、インナーだけでいいんですか？」

「そうだ。そのパーティではドレスを着る必要はない」

それだけでも相当に卑猥なパーティだとわかる。不安も高まったが期待も高まった。

結局、ハーフカップのワイヤーブラ、ガーターベルト、パンティの一式に決めた。フランス製でセット価格が十万円。すべて燃えるような赤。総レースで素肌も乳首も秘毛も透けて見える。パンティは尻のまるみがそっくり剝き出しのTバック。それだけで二万円もするが、逞しい男なら軽く引っ張っただけで繊細なレースを引きちぎることができるだろう。

「よしよし」

田ノ倉は満足そうにうなずき、試着室でそれを着けるように命じた。ストッキングは黒、ハイヒールはその前の店で買った。やはり赤いエナメル。

言われたとおりにして試着室を出ると、店員が黒いシルクのケープを羽織らせた。薄手のもので蝉の羽のように軽い。

「あの、私のお洋服は？」

「お連れさまが車にお持ちしました。これでいらしてくださいということでした」

「そんな……」

人通りのある商店街を、下着の上にほとんど透けるようなシルクの黒いケープを巻きつけるようにして駐車場まで駆けていった。田ノ倉はＢＭＷのエンジンをかけて待っていた。

「ひどいわ、こんな格好で置き去りにするなんて……」

口を尖らせるエリカをニヤニヤと眺めて中年のハンサムな男はウィンクしてみせた。

「感じたんだろうが。もう濡れてるぞ。乳首は立ってるし」

「…………」

そうなのだ。えっ⁉……という顔をして自分を眺める男女の視線が、ほんの短い時間なのに彼女の子宮を燃えあがらせたのだ。

「おまえは露出願望のある変態娘だ。今夜はその願望を満足させてやる。さっ、行くぞ」

——夢見ケ丘の宏壮な邸宅の玄関にＢＭＷが停まった時、エリカは呆然としていた。表札には何やらわからないギリシア文字のようなものが記されている。

「ここは、なんですか？」

もっと街中の怪しげなＳＭクラブのようなところだと思っていたのだ。

外見は富豪の邸宅にしか見えない。外から見る限り、まるで人の気配がなかった。窓という窓がすべてしっかりカーテンで閉ざされていて、室内に明かりが見えないのだ。

「まぁ、郊外のラブホテルだと思えばいい。気にするな。さっ、両手を後ろにまわせ」

田ノ倉は車のグラブコンパートメントから革の手錠を取り出した。

「えっ、ここからですか？」

「そうだ。初めてじゃないだろう」

「そうですけど……」

サディスティックな性格の田ノ倉は、エリカとラブホテルに行った時など、よく車のなかで下着姿にさせ、後ろ手錠で廊下を歩かせたりエレベーターに乗せたりした。そういうホテルではめったに他の人間とすれ違うことがないのだが、途中でエリカは激しく昂奮してパンティの底をぐっしょり濡らしてしまうのが常だった。

「これまで、いろんな女の子に同じことをしたが、こんなに昂奮するのはおまえが初めてだ」

田ノ倉はそう言っていつもからかうのだが。

「…………」

魅惑的な下着姿の娘は黙って両手を後ろにまわした。革の手錠が二つの手首をくくり合わせてしまう。それだけでエリカは被虐の欲望を刺激されてカーッと全身が火照る。

「これもしておこう」

細い鎖のついた革製の、鋲のいっぱい打たれたごつい首輪だ。それを細首に嵌められると、ますます女奴隷という意識が強まる。

「よし、行くぞ。バッグは必要ない」

ケープは許されなかった。玄関が開くと広いホールで、そこも無人だ。驚いたことに分厚い赤い絨毯が敷き詰められて、その長い廊下を、首輪に繋げた鎖の端を手に、田ノ倉がランジェリー姿の哀れな女奴隷を引き連れて悠然と歩いてゆく。

廊下の両側にはいくつものドア。そして突き当たりにはがっしりした樫か何かの大きな両開きの扉。

扉の前に着くと、音もなくそれが内側へと開いた。自動ドアではない。マネージャーのような黒服を着た男が開けてくれたのだ。どこかに彼らの到来を告げる装置があるようだ。

その男は田ノ倉に対してうやうやしく頭を下げた。エリカがそういう格好でいることには特に奇異の目を向けない。それでも彼女は真っ赤になって俯いた。

「もう集まっているか」

田ノ倉の態度は《ブラック・アンディーズ》と同じだ。

「はい。予約の方は全員」

「よし。それじゃ、そろそろ最初のショーを頼む」

「かしこまりました」

「おれのテーブルにはクリュグだ」

そう言いおいて正面に垂れた黒い幕をサッと手を振って開いた。

「えーっ」

目の前に展開した光景に、エリカは思わず驚きの声を発してしまった。

怪しげなSMクラブ——という予想したイメージをこれほど裏切る場所はなかった。

ドーム型の高い天井を持つ円形の大広間だ。客席は円形に並べられ、その真んなかに一段低くショーフロアがある。床はすべて真紅の絨毯。その他はすべて黒。

十のテーブルのうち、一つを除いて客が占めていた。すべてカップルで、男たちの年齢は田ノ倉と同じぐらいかそれ以上。皆仕立てのよい服を着ている。かなりの金持ちばかりのようだ。

（秘密の乱交パーティという雰囲気じゃないわ。銀座でもこれほど豪華なクラブがあるかしら？）

エリカは哀れな奴隷の身分を忘れて驚嘆していた。一つは大広間のなかの照明が極端に暗いというせいもある。通路の要所要所、テーブルの上に揺れてきらめく蠟燭の明かりが、かろうじて人物たちの姿を浮かびあがらせるだけだ。

後ろ手錠をかけられ鎖で引き連れていかれる美しい娘が目の前を通り過ぎていっても、チラとでも見る客は少ない。皆自分たちのことに熱中している。

どの席もカップルがいた。中年の男女のカップルもいれば女同士のも。

ある初老の男性の連れは自分と同じ年代の娘で、自分と同様の下着姿だ。

（わっ、過激！）

その隣の席では、別の娘がエリカと同じように後ろ手錠をかけられて、ソファにふんぞり返った男の股間に跪《ひざまず》いていた。彼女のTバックショーツは黒で二つのまるい丘が闇のなかに浮かんで幻想的な光景をかもし出している。その外国人は銀髪に青い目。葉巻をくゆらせていた――。

やがて最後まで残されていた空席に二人は座った。半円形のソファに並んで座ると、背もたれが高く前にはテーブルがあるので、隔離された感じになり他の客のことは気にならない。中央の一段低い円形のフロアはよく見える。そこでショーを見せるのだろう。店内は非常に巧みに設計されていた。

バニースーツ姿の若い娘がアイスバケットに入れたシャンパンとグラスを持ってきた。

「えっ、あなたミキちゃん⁉」

この前まで《ブラック・アンディーズ》で一緒に働いていたコンパニオンだった。学業に専念するといって辞めたという話だったが。

「今晩は、えりなちゃん。今夜は楽しいパーティみたいよ。マスターと一緒に楽しんでくださいね」

かつての同僚はそう言うと、まるいヒップにつけたふわふわしたウサギのしっぽを振りながら去っていった。

(ここは?)

田ノ倉の顔を見る。《ブラック・アンディーズ》のオーナーはうなずいた。

「そうだ。ここもおれの店さ。女の子もおまえが知っているのが何人かいる。心配するな。みんな口が固い。誰もおまえがここに来たことは言わない。というか、おまえもここで働くようになるのだからな」

「私がここで？　いったいどういうことなんですか、マスター？」

実業家とヤクザの顔をあわせ持つ中年男は手を振ってエリカを制した。

「それはおいおいわかる。まずシャンパンだ」

ミキが置いていったグラスは一つだけだ。

「おまえにはおれが飲ませてやる」

まず自分がひと口飲み、次にひと口含んでエリカを抱き寄せ、彼女に口移しで美味なシャンパンを飲ませた。

豪奢で淫靡な雰囲気のせいもあって、エリカはもうボーッと雲の上にいるようだ。

（私をここに連れてきて、いったいどうしようというのかしら？）

ふいに周囲が暗くなり、照明は卓上の蠟燭の明かりだけになった。と思ったら、今度は天井から強烈なスポットライトの光束が真んなかの低くなった円形空間にだけ降り注いだ。

「あっ、あれは靖美ママ……」

スポットライトを受けて浮かびあがったのは、純白のチャイナドレスを纏《まと》った短髪の美女だった。それは田ノ倉の妻、喫茶店《ホワイト・レディ》の経営者でもある田ノ倉靖美だった。エリカを《ブラック・アンディーズ》に斡旋してくれた、その人なのだ。

チャイナドレスはぴったりと体に密着して、上半身からヒップまでの見事な曲線をあまさず見せつけている美女は、ひときわ堂々と、また颯爽として見える。

（靖美ママがここにいるということは……二人は一緒にこのクラブを経営しているのね）

エリカにも、おぼろげながら何かがわかりかけてきた。それは息苦しいような予感でもあった。

靖美の前に床から演壇のようなものがスルスルと持ち上がってきた。マイクがついている。彼女はプリマドンナのように優雅な身のこなしで周囲の客席に挨拶をしてから、マイクを使って、よく通る凛とした声で客席に話しかけた。

「皆さま、今夜も《バルバロス・ルージュ》にようこそ。マダムの靖美です。さて、いよいよショータイムの時間がまいりました。世界でもここだけでしか見られないスペシャルインセストショーを今夜も堪能してくださいませ。では最初のショーです。主演者は細川《ほそかわ》兄妹のペアです。今夜が四度めの出演になります。今回初めてご覧になる方のために、まずアイデンティフィケーション——確認書類を開示いたします」

演壇の上に用意した書類のようなものから一つを取り上げ、何かスイッチを操作した。スルスルとドーム型の天井から降下してきた白いスクリーン。その画面には演壇の上に置かれている書類が大写しになっている。講演用に図面やグラフなどを拡大する装置が演壇に組みこまれているのだ。

まず、二人の男女の顔写真がスクリーンに拡大されて映し出された。

兄は大学生ぐらい、ハンサムな顔だち。妹はセーラー服を着ているところを見ると高校生だろうか。愛くるしい感じの美少女だ。二人とも微笑している。少女のほうは無邪気な笑顔だ。

「まあ……」

エリカは強烈な衝撃を受けた。

(インセストショー……細川兄妹のペア……これって近親相姦の実演ってこと!?)

知らず知らずのうちに全身が小刻みに震え、腋の下に冷たい汗が流れた。美味なシャンパンを流しこまれたばかりなのに喉がカラカラになって、心臓がドキドキと跳ねた。

次に映し出されたのは戸籍謄本のコピーで、その必要部分を拡大したものだ。

『細川祐介《ゆうすけ》』

『細川みさき』

両親の名前、姓や住所の細部まできちんと書きこまれている。二人が兄と妹であることを証明する書類である。祐介が二十一歳、みさきが十七歳であることもわかる。

次に学生証が二枚。一枚は有名私立大。学生番号もある。明らかに『細川祐介』と記載された顔写真は、最初の青年のものだ。

もう一枚はやはり都内の有名私立女子高のもので、細川みさきという名前に、本人の顔写真。これで二人の関係は立証されたことになる。二人は確かに実の兄と妹なのだ。

それをさらに補強するかのように、何枚かの写真が表示された。家族で一緒に写っている兄と妹、それは幼い頃から次第に成長してゆく家族の記録から抜き取られたもののようだ。

全員が納得した頃合いを見計らって、靖美がオーバーヘッドプロジェクターを格納した。

「では、ショーがはじまります。どうぞお楽しみください」

スポットライトが消えて靖美の姿は闇に消えた。

次にまた光が降り注いだ時、浮かびあがったのはセーラー服を着た、髪をポニーテールにした美少女だった。さっきの顔写真の少女と同一人物――みさきである。

紺色のセーラー服は間違いなく有名私立女子高のもの。ストッキングではなく白いソックスを履いて赤い絨毯の上に頼りなげに立っていた。

彼女はトロンとした表情で頭を巡らし、なんとなく頭上の観客席を見上げていたが、ゆっくりと膝を折って絨毯に体を横たえた。

客席のざわめきは、いまは消えた。誰もが固唾を呑んで美少女を見守る。

やがてみさきは、制服の上から胸のふくらみを、襞スカートごしに股間を揉みだした。その紅潮した頬、焦点の合わない目、早い息づかい——明らかに発情している。

「あっ、ふうっ、ああ……」

二十人ほどの観客に注目されながら、セーラー服の美少女は自分を慰める孤独なショーを繰り広げていった。

制服の上衣はたくしあげられて白いブラジャーが押しあげられる。まだ発育途上にあるのか、可憐な碗型のふくらみの乳首は見事なピンク色だ。それをつまみながら掌でふくらみ全体を揉みしだき、

「うっ、ううっ……はあっ」

切ないようなやるせないような喘ぎをふっくらした桃色の唇から吐き出す。

「かわいい子が、よく、あんなことができますね」

エリカが溜め息を吐くと、田ノ倉が囁いた。

「なに、催淫剤を飲ませてあるんだ。訓練もしてはいるが……」

少女のもう一方の手は襞スカートをまくりあげて、白い太腿の付け根を覆うコットンのピンク色のパンティを露わにした。最初は布地ごしに敏感な部分を揉んでいたが、やがて布地の下に指が潜りこんでゆき、股布のあたりで淫靡な蠢きが見えた。

「あーっ、ああ……ううんッ」

完全に仰臥の姿勢になり、下肢は膝を立てて開脚している。フロアがゆっくりと回転をはじめた。まるでストリップ劇場にあるまわり舞台のように。観客は美少女のあられもない姿を前後左右から眺めることができる。

やがて客席の一カ所からフロアへ下りる階段のところにスポットライトが浴びせられた。いつの間にか青年が立っていた。日に焼けたような褐色の肌に纏っているのは、黒い、ツヤツヤ光るPVC――ポリ塩化ビニル――素材のブリーフ一枚だけ。水泳選手のように逞しい。その顔は、最初に映し出された顔写真と同じ。すなわちセーラー服の少女の実の兄だ。

青年はゆっくりと階段を下り、フロアに立った。

ハッという感じで兄を見上げた少女は、誘うような妖しい笑みを浮かべながら体をものうげに起こし、青年の足もとへとにじり寄った。

「…………」

エリカはドキドキした。

(実の兄と妹が……)

観客の目の前で愛撫を繰り広げていったのだ。二十一歳の青年と十七の少女の性戯というだけでも充分に背徳的なのに、それが実のきょうだいなのだ。背徳の度合いは従来のセックスショーとは較べものにもならない。

美少女はＰＶＣの下着ごしに兄の欲望器官を愛撫し頬ずりしていたが、ついにブリーフを脱がし、隆起している器官を摑んだ。妹の手で隆起したそれは、やがて妹の口腔によって新たな刺激を受ける。

再び少女が床に仰臥した。青年は妹に覆いかぶさり接吻する。おずおずと兄の体に腕をまわし、やがてきつくすがりつき舌をからめ唾液を啜る妹。

青年の手がひとしきりパンティの下でしたたかに性愛器官を玩弄してから、木綿の下着は赤い絨毯の向こうへと投げ捨てられた。

少女の淡い秘毛に縁取られた秘裂に、逞しい怒張器官が埋めこまれた時、観客たちは期せずしてどよめいた。

「お兄ちゃん……いい、ああー……」

みさきの口からあられもないよがり声が断続的に吐き出された。

最初は正常位で、兄は呻きつつ妹の体の奥に射精した。引き抜くとひくひくと蠢く膣口から溢れ出る愛液と混じり合った白いドロリとした液が真紅の絨毯にこぼれ落ちた。ぐったりとした兄の股間に顔を埋める妹。

兄と妹のセックスを眺めるカップルたちは激しく昂奮しているらしく、あちこちで女の呻きや喘ぎ声が湧き起こった。

「こんなショーなんて初めてだわ。信じられない……」

かすれた声でエリカは自分の体をまさぐっている田ノ倉に言った。彼女の声は微妙に震えてうわずっていた。田ノ倉はようやく、この秘密クラブのことを明かす気になったようだ。

「ここはおれと靖美が一緒に経営している会員制秘密クラブだ。ここがおれたちの本拠なんだ。こんな秘密クラブは世界でただ一つしかない」

「近親相姦ショーを見せるからですね」

「そうだ。妹と弟、兄と妹がメインだが、母親と息子というのも人気がある。父親と娘というのはいまひとつ人気がないから、最近はやらない。そうそう、姉と妹というレズ姉妹相姦というのも人気がある。エリカ、そういうのをやってる子、誰か知らないか」

エリカは狼狽を顔に表わさないよう、必死の努力をしなければならなかった。

「ま、まさか、私が知るわけないでしょう？　でも、いまみたいなショーに出演させることを、どうやって承諾させるんですか。そもそも、どうやって見つけるんですか？」

田ノ倉は顔をあげてジックリとエリカの瞳を覗きこんだ。その暗い光にエリカは戦慄した。

「見つけるんじゃないんだ。造りあげるんだ。承諾なんかさせない。承諾するしかないようにする。つまり、近親相姦をプロデュースするのさ。おれと靖美、そしてスタッフが」

エリカは何か言おうとしたが声が出なかった。

「ふふ、驚いてるな、エリカ。なに、近親相姦をするきょうだいなぞ、この世に珍しくはない。この前も説明したようにタブーだタブーだと騒ぐのは、それだけ近親相姦に耽ってしまうケースがあとを絶たないからだ。近親交配による遺伝子情報の偏りというのは、長い年月をかけないと表面化しない。いまこの一瞬、地上にいる若いきょうだいたちの間に、何世代もあとのことを気にかけろと言っても無理だ。彼らは電極の間を火花が飛ぶように、何かきっかけがあれば結びつく。そりゃそうだ。お互い魅力的な異性であれば当然のことだ。おれに言わせれば、どんなきょうだいでもきっかけさえ与えてやれば近親相姦をする。だから火花を飛ばしてやればいい。あの兄と妹は、兄貴が妹の着替える姿を見た時に火花が飛んだ」

「でも、ふつうは年頃になると兄さんには着替えるところなど見せません」

「だから、おれたちが火花を飛ばしてやるのさ」

その時、妹の熱心なフェラチオで再び勃起した兄が、今度はよつん這いに這わせた妹の襞スカートをまくりあげ、白桃のような臀部に挑みかかった。

「あーっ、ああっ、あー……」

その姿勢のほうが感じるのか、正常位の時とはうってかわって美少女は激しく乱れ悶えた。兄は激しく腰を使い、美少女は絶叫し、数回の強烈なオルガスムスのあと、ついに白目を剝いて失神したように動かなくなった。

兄が二度めの噴射を遂げて、フロアに闇が落ちた。

客席から歓声と拍手が沸き起こった。

しばらく間があって、フロアに靖美が浮かびあがった。

「兄妹ペアのショーを楽しんでいただけたでしょうか？　次のショーは、今回が半年ぶりの出演になります。北野《きたの》親子のペアです。今夜いらした方はほとんど初めてでしょう。これが最新のアイデンティフィケーションです」

またオーバーヘッドプロジェクターで頭上のスクリーンに顔写真が浮かびあがった。

片方は三十代後半の熟女。肉感的な顔だちの、綺麗な隣の奥さんという感じ。もう一方は十二、三歳——小学校六年か中学一年ぐらいの少年。まだあどけないが、聡明さも感じられるおとなしそうな子だ。

母親・北野由紀子《ゆきこ》と、息子・北野さとるの戸籍謄本、住民票の写しが開示された。さらに母親のほうのパスポート、息子の小学校卒業アルバム。それらの書類によれば、さとる少年は由紀子が二十三歳の時に生んだ一人息子で、いま二人は三十六歳と十三歳だ。戸籍謄本で見ると、由紀子は夫と数年前に離婚して、実家の籍に戻っている。

「実の母と息子なんですか……」

「そうだ。こういう例は少なくない。ただ、この母子の場合は、ちょっと変わっているんだ」

田ノ倉が意味ありげに含み笑いをした。

(どういうことかしら……)

闇が落ちて靖美が消え、また光が降り注いで円形フロアに少年の姿が浮かびあがった。

華奢な少女のような繊細な肉体に女性用の赤い、なまめかしいパンティを穿いている。

もう一枚の明らかに一度着用した白いパンティを顔に押しあてて匂いを嗅ぎながら、自分の穿いているパンティの上から隆起している部分を撫でさすっている。

(母親の汚れたパンティの匂いを嗅ぎながら、オナニーしているんだわ)

その状況はよくわかる。弟の春樹もまた、自分の汚れた下着を使ってオナニーをしているのだから。

上のフロアにスポットライトを浴びて熟女が出現した。ゆっくりと階段を下りてくる。

黒いスリップ一枚を纏っただけ。

乳房もヒップも豊かで、光沢のあるスリップのその部分がはち切れそうだ。女ざかりの魅力がムンムンと匂うような肉体である。

びっくりした少年がオナニーを中止すると、「いいのよ」という感じで母親が股間を撫でまわす。

「ああ」

陶酔して身を横たえる息子の体からパンティを脱がせ、屹立した白いペニスの包皮を剝いてやると、濡れてきらめくピンク色の亀頭が露出した。

「かわいい」

あちこちから女たちの溜め息。

「…………」

母親がそれを口に含むと、少年は喘いだ。

「ああ、ママ。ママ……」

数分のうちに全裸の少年は下肢を痙攣させて母親の口腔に射精した。喉を鳴らすようにして息子の牡エキスを嚥下《えんげ》する熟れた母。

噴き上げたものを含んだままでいた彼女が口を離すと、若々しいペニスはまた怒張していた。今度はスリップを脱ぎ捨て、黒いパンティ一枚の母親が仰臥する。上から覆いかぶさって豊かな乳房に吸いつく息子。その顔が乳房の谷間から腹部、そして黒いパンティに包まれた悩ましい丘へと押しつけられていく。

やがてパンティが剝ぎ取られた。少年は猫のように舌を鳴らして、自分が生まれ出てきた器官から溢れる液を舐め、吸う。客席はシンと静まりかえった。

少年はやがて指を膣口から挿入していった。最初は人差し指、次に中指を加え、さらに薬指を揃えて三本の指が柔襞のトンネルに侵入していった。

「えっ、これって⁉」

エリカは驚きの声を洩らした。

「そうだ。フィストファックだ。息子が母親の膣に拳を入れる」

田ノ倉の言う「ちょっと変わっているんだ」という意味がようやくわかった。

「あっ、ああっ。はあっ……さとるちゃん。そうよ、もっと入れて、強く……」

悶えながら指示を下す母親の全身から脂汗が噴き出してきた。愛液も驚くほど大量に溢れ出て、少年の手首まで濡れる。これだけの愛液なら特別な潤滑剤は必要ないわけだ。

「おお、おおうっ、あっ、あーっ、はあっ。そうよ、さとるちゃん。そう、もっとママを喜ばせてちょうだいッ。ああっ」

少年の五指を揃えて嘴《くちばし》のように見える拳がナックルパートまで没入した。愛液をまぶされて濡れきらめく拳がぎゅうっとサーモンピンクの粘膜を押し広げ、手首までスポッとめりこんだ時、いっせいに吐息が聞こえた。観客もそれだけ緊張していたのだ。

少年はゆっくりと、次第に速く、腕のピストン運動を速めた。

「ああ、ああ、おお」

母親の汗まみれの豊満な裸身が波のようにうねる。ズボッ、ズボッという摩擦音が高まる。

「ぎゃーっ！」

獣のような咆哮をあげて熟女は凄絶なオルガスムスを味わい、ピーンと背をのけぞらせた。透明な液体が宙を飛んだ。Ｇスポット射精だ。

「ママ……」

ぐったりとなった母親に接吻する美少年。しばらく抱き合って互いの体をまさぐっていたが、母親がうながすと、彼女の顔の上に息子がまたがった……。

少年が果てて母親が再びそれを飲んで、背徳的な母子ショーは終わった。

「あの母親、口で息子を射精させ、自分は彼の手でイッていたんだ。息子は母親の肉体と繋がりたいと要求したが、彼女はやはり息子のペニスを自分の体に受け入れるのは罪だと思って、承諾しない。いまでもそれはできない。そのかわり、息子の拳を受け入れて満足するようになった。それなら許せるというわけだ。息子の拳がペニスのかわりというわけだ。奇妙といえば奇妙な論理だが」

エリカはもう頭がボーッとして、正常な判断力を失なっていった。

ただ一つわかったことがある。

（この世のなかには、こうやって血を分けたもの同士でセックスを楽しんでいる人たちが大勢いるんだ。私たちだけじゃなくて……）

第十四章　真夜中の姉弟相姦

春樹は意識をとり戻した。

ピシャピシャと平手で頬を叩かれたからだ。

「目を覚ましなさい、坊や」

叩いていたのはこの館の女主人——靖美だった。

最後に見た時は白いチャイナドレスだったが、いま、目の前に立ちはだかっている彼女は、凄艶なランジェリー姿だった。

白いブラジャー、ガーターベルト、パンティに透明なストッキング、ハイヒールも白。ホワイト・レディの名にふさわしい装いだ。

「あっ、ここは……えっ、これはいったい……」

ボーッとしていた頭がハッキリするにつれ、春樹は驚愕した。

見たこともない部屋にいる。真紅の絨毯、カーテンや調度は黒で、部屋の隅にはビデオ装置とモニター、中央にはダブルベッド。天井には鋼鉄の梁が組まれ、壁には鞭や縄が鉤からぶら下げられている。その他に奇妙な道具を載せたキャスターつきのワゴン。ここは男と女が倒錯した快楽を味わい尽くすための部屋なのだ。

彼はブリーフ一枚に剝かれて車椅子にくくりつけられていた。両手首と胴体が縄で椅子に縛りつけられているから、どうもがいても自由にはなれない。

「そろそろ出番よ。ピンとしてもらわなくちゃ」

「出番？」

「そう。今夜のショーのトリ。『真夜中の姉弟・相姦凌辱編』というのにね」

昏睡させられる前に靖美から聞かされたことを思い出して、春樹はたちまち怒りで真っ赤になった。

「そんなものに出られるかっ！　だいいち、姉さんだって承知しないぞ」

「さあ、どうかしらね？」

蠱惑的なランジェリー姿の美女は、部屋の隅にあるテレビモニターのスイッチを入れた。

円形のフロアが映った。赤い絨毯が敷き詰められている。

「えっ、これは……」

「そう。さっきあなたが見たクラブのドームに設置したカメラが映しているの。ほら、今は二回めのショーをやっているのよ」

フロアの中央に仰臥した全裸の熟女の股間に、やはり全裸の少年がうずくまり、彼の腕は女の体内に肘まで埋めこまれていた。

「あの二人、母親と息子なの。奇妙な母子相姦をやってるわけ」

母の膣を息子の拳が犯すという背徳的な光景に若者の牡器官が反応した。ブリーフを突き破るのではないかと思うほど、強烈な勃起がはじまった。

「あの二人が終わったら、あなたとエリカちゃんの出番。エリカちゃんはもう来ているわ。準備万端整っているのよ」

靖美はそう言い、唇の端を歪めて笑った。

「あなたがどんなにイヤでも、ショーは進行するのよ」

Tバックではなく臀部のふくらみ全体を白いナイロンで包む形のパンティを穿いた美女は、彼を置き去りにしてドアから出ていった。

(いったい、どうする気だ⁉)

春樹は冷汗をかきはじめていた。眼下のフロアでは母親が絶頂し、透明な液を放物線を描いて宙に飛ばした。やがて息子が彼女の顔の上にまたがり、怒張したものを口のなかへと突っこむ。

（こいつらの次がぼくと姉さんだって？　姉さんはどこにいるんだ？）

フロアに降り注ぐ照明があまりにも強烈で、客席のほうは闇に包まれている。誰がどこにいるのか見分けがつかない。しかし靖美の口ぶりでは、客席のどこかにいるらしい。

（たぶん《ブラック・アンディーズ》のオーナー、田ノ倉という男に連れてこられたんだ。姉さんが《ホワイト・レディ》という喫茶店でウエイトレスのアルバイトをした時から、もう陰謀がはじまったのだ。ぼくらをここに連れてきてショーをやらせるための……）

それはえんえん半年にわたった長期の陰謀だった。たぶん狙われているのはエリカや春樹だけではないだろう。もっと何組かのきょうだい、母と子たちが目をつけられて、タブーの愛を交わすように操られているに違いない。

「あーっ、ママ！」

少年が母親の口のなかに噴きあげた。

客席から拍手と歓声が浴びせられた。フロアに闇が落ち、再びスポットライトのなかに靖美の姿が浮かびあがった。

（エーッ！　ママ、凄いっ）

客席では、白いランジェリー姿で登場した靖美を見て、エリカが目を丸くしている。

女の自分が見ても股間が疼くような、脂ののりきったという感じの、しかもまったくムダな肉のないセクシーな肉体だ。それは女豹と形容したらぴったりの妖艶さだ。

靖美は再びせりあがった演壇に向かい、マイクに語りかけた。

「いかがでしたか。兄妹ショー、母子ショーのできは？　このペアとお楽しみになりたいお客さまは従業員までお申しつけくださいませ。複数の申しこみは抽選になります。どのようにして背徳の愛を交わすにいたったかは、特別室にさまざまな拷問道具を用意しておりますので、ご自分の手で口を割らせてみてください」

さっそくあちこちで手があがった。

「あのきょうだいも母子も、今夜はこの館で過ごす。お客のなかには責めが好きな連中がいて、そいつらのおもちゃになるわけだ。そのぶん、高い金を払ってもらうが」

愉快そうに笑って田ノ倉はエリカに説明した。

（この人、近親相姦を商売のタネにして、お金を儲けているんだ……）

エリカも、ようやく田ノ倉と靖美の正体がわかってきた。その田ノ倉に、自分は弟の秘密の計画を打ち明けてしまったのだ。だから彼は「させてやれよ」とそそのかしたのだ。

（ということは……）

恐ろしい疑惑が生じた。

（私が今夜、ここに連れてこられたのは？）

息が苦しくなった。田ノ倉は自分たちのことを知らないはずなのだ。それに、春樹は家にいるはず。

（でも、そうかしら？）

疑惑がさらに黒雲のようにエリカの胸中で広がる。田ノ倉はそういうエリカの当惑と混乱ぶりを面白がる様子だ。

フロアの靖美が言葉を継いだ。

「では、今夜の最後のショーです。魅力的な大野姉弟のペアです」

（やっぱり！）

エリカは目の前が真っ暗になって、思わず田ノ倉の胸に顔を埋めるようにして倒れこんだ。フロアの靖美が二人を見てニッコリと笑った。春樹がここに連れこまれていることをエリカは確信した。

「初めての主演になります。では、二人のアイデンティフィケーションをどうぞ」

頭上の大きなスクリーンに二人の顔写真が映し出された。

次に戸籍謄本、住民票、エリカがこの前ハワイに行く時に取ったパスポートの写真。弟の原付の免許証。家族のアルバムのなかで一緒に写っている記念写真の数々……。

「こんなもの、いつの間に？」

エリカは自分の目が信じられなくて喘いだ。田ノ倉がうそぶく。

「おれたちは組織なんだよ。あちこちに網を張って、これというきょうだい、親子に目ぼしをつける。それから二人の間に火花が飛ぶよう、ジワジワと工作してゆくのさ。そのためには盗撮カメラや盗聴器を設置する。おまえたちの家には何度も出入りしている。こんなものを手に入れるのは簡単さ。留守の時が多いからな」

「ひどい……」

エリカは呻いた。その耳に靖美の声が飛びこんできた。

「大野姉弟は、とても複雑な形でインセストラブを楽しんでいます。どういう形かというと弟さんがお姉さんのレイプを計画し、お姉さんはそれを知りながらレイプの生贄になってあげたのです。もちろん弟さんはそのことを知りません」

「えーっ。本当かよ」

「そんなきょうだいがいたの⁉」

客席が騒然となった。エリカは羞恥と屈辱で気が遠くなった。

（マスターとママは、私たちのことをすべて知っている。どうして？）

ショーフロアの中央に大型のテレビモニターが四台、四方に向けて設置された。その画面に同じ動画が映し出された。春樹のもとに送り届けられた、あの『真夜中の姉弟・相姦凌辱編』だ。

　靖美が早送りや停止を繰り返しながら、姉弟相姦の経緯を詳しく説明した。そんな動画が存在したことを初めて知ったエリカは、羞恥の極限でただ夢を見ているような気持ちだ。

「というわけで、この二人——特に弟の春樹くんは、今夜初めてすべての真相を知ったわけです。もちろんお姉さんのエリカさんは、まだ私たちのクラブのことを知りません。でも、一度体験したら、もう私たちの世界から逃げることはないでしょう。皆さんもご覧になったように、彼女は飛びきりのマゾ性の持主なのですから。では、そのエリカさんをご紹介しましょう」

　眩しいスポットライトがいきなりエリカに当てられた。目がくらんだ。

「マスター……」

「立つんだ、エリカ」

　田ノ倉がすごみのある声で命じた。赤いランジェリーを纏い、革手錠を後ろ手に嵌められた美しい女子大生は、おずおずと立ち上がった。

「すごい、こんな子が？」

「いやぁ、品があるじゃないか。これまでの子のなかで一番の美人だ」

賞賛の嘆声とどよめき。

田ノ倉が首輪についた鎖を引いて階段からショーフロアまでエリカを連れおろした。エリカの膝はガクガクいい、何度もよろめき、つんのめった。

フロアの中央でエリカは靖美に引き渡された。天井からの強烈なスポットライトのせいで、客席の一つ一つの顔は闇に沈んで見えない。それが救いといえば救いだった。

いまにも貧血を起こして崩れそうなエリカを支えて、靖美がマイクで告げた。

「彼女の様子をご覧になって推察されたかと思いますが、エリカさんは、いまのいままで自分がこのショーに出演するヒロインであることを知りませんでした。そう告げずに連れてこられたからです。そのせいで、ずいぶん混乱しています。弟の春樹くんは春樹くんで、ショー出演をまだ承諾しておりません。ですから、ショーを進めるためには、二人の体と心を燃えあがらせて一つにするためのウォーミングアップが必要です。その過程もまたショーの一環としてお楽しみいただけると思います」

四台のテレビモニターは引っこめられた。

かわりに持ちこまれたのは一脚のスツール。背もたれのない腰かけだ。

白いランジェリー姿の美女は、赤いランジェリー姿の年下の娘を引き寄せた。

「久しぶりね、エリカちゃん。あの人に仕込まれてずいぶんセクシーになったわよ。うっとりしてしまうわ。ほらほら、そんなに緊張しないで。あなたもショーを楽しむことね。なんてったって今日のスターなんですもの。そして、あなたたちのショーには、この私も出演させてもらうの。悪役という役柄かな」

言いざま、自分の膝の上にエリカをうつ伏せにした。

「キャッ！」

思いがけない靖美の行動に驚いて悲鳴をあげるエリカ。

「エリカちゃんはお尻を叩かれるとよく反応します。スパンキングが大好きなんですね。ではそれをご覧にいれます」

(うそ、うそよっ。私がスパンキング大好きだなんて！)

膝の上で暴れたが、後ろ手錠をかけられた身では、しっかり首根っこを押さえられてしまうと身動きがとれない。

「いいお尻だこと。少しも垂れてなくて、柔らかすぎもせず、硬すぎもせず。こんなお尻を待っていたのよ」

臀裂にパンティの赤いレースを食いこませた白くまるい肉の丘を愛おし気に撫でさすっていた女主人が、やおら右手でパンティを引きおろした。

「あっ、いやーッ！」

大勢の客や従業員――そのなかにはエリカも顔なじみの娘もいる――の前に臀部を、そして当然ながら最も秘密の場所を露呈させられて、美しい娘は悲鳴をあげた。

「ふふ、大声で泣き叫ぶことね。そのほうがみんな喜ぶから」

靖美は右手を振りかざし、強い力でエリカの臀丘を打ち据えた。

パシーン!

吹き抜けの空間に鮮烈な打擲音が響き、それに悲鳴が重なった。フロアがゆっくりと回転をはじめる。客席の男女は、靖美にスパンキングされる美人女子大生の悲鳴と苦悶、絶叫と啜り泣きを聞いて激しく昂奮した。

靖美は、田ノ倉がそうするように、余裕を持って一打一打、タイミングを計って正確に叩きのめす。膝の上で悶え跳ねる若い娘の体が熱く燃え、強い匂いを発散するのを確かめるように……。

きっかり十打を浴びせると、靖美はエリカの臀部を持ち上げ、同時に股間をぐいとこじ開けた。

「おー……本当だ」

ざわめきが湧いた。

双臀が真っ赤に腫れあがり、食べ頃のリンゴのように見えるというのに、性愛器官の中心

——膣口からは薄白い液がトロトロと溢れて会陰部、鼠蹊部を濡らしている。

「どうですか？　昂奮しているでしょう？　皆さんに見られながら責められることで、このように濡れてしまうほどマゾ性が強い娘なのです」

靖美はわざと指を使って秘裂を広げてみせる。

「ああー、ううっ、うう……」

泣きじゃくるエリカ。

「何を泣いてるの。これがあなたの望んでいたものなのに」

靖美はエリカを抱き起こし、今度は自分の膝の上に座らせるように抱きかかえた。

「さあ、キスしましょう」

靖美とエリカの唇が密着し、互いの舌と唾液を吸い合う濃厚なディープキスがはじまると、客席はまたシンと静まりかえった。

靖美は接吻しながら後ろ手錠のエリカのブラジャーを外し、見事な円丘を柔らかく揉み、乳首を指で刺激した。見るからに清純そうな乳首がみるみる硬く尖ってゆく。

「ふふ、本当に敏感な子ねぇ」

靖美は満足そうに囁きながら、赤いTバックを足先から抜き取り、エリカの柔らかくて繊細な秘毛を撫で、サワサワした感覚を楽しむ。

「いい体、いい匂い。春樹くんが夢中になるのも無理はないわね」

指が秘裂をまさぐり、

「あっ、ママ。ああー……」

エリカは黒髪を振り乱して喘ぎ、悶えはじめた。


春樹は姉が年上の美女に抱かれて愛撫され、乱れ狂ってゆくさまを呆然と眺めていた。

「さあ、坊や。出番だぞ」

全頭マスクの男が二人、いきなり入ってきた。一人がそう口にしたので、この二人があの電車のなかのサラリーマン、そして電話工事の作業員を装った連中だと春樹にわかった。

「イヤだ。あそこには行かないぞ!」

「ふふ、抵抗するならしてみろ」

一人が春樹の口をこじ開け、布きれを丸めたものを押しこんだ。

「むー、うぐぐ、ぐー!」

大の男が二人がかりでは春樹がいくら抵抗しても無駄だ。しっかり布で猿ぐつわを嚙まされてしまった。次に車椅子から立たせられて、改めて後ろ手に革手錠をかけられた。次にエリカが嵌められたような頑丈な首輪が首に嵌められる。

「こんなものは、必要ないからな」

ブリーフは毟り取られて春樹は素っ裸にさせられた。

「おやまぁ、縮こまっててもけっこうデカい」

男の一人が彼の股間を眺めて感想を口にした。春樹は真っ赤になった。

「なよなよした体をしてる、オカマみたいなのに限ってデカマラなんだ」

もう一人が嘲笑した。

「さあ、行くぞ、坊や。一世一代の舞台だ。張り切ってくれ」

一人が首輪の鎖を引っ張って前を歩き、もう一人が背後から房鞭で尻を叩きのめす。

「さっさと歩け。大好きな姉さんが待ってるぞ」

(くそーッ、こんな格好で姉さんや客たちの前に出るのか)

屈辱のあまり、目の前が暗くなり、よろめいてしまった。

フロアに連れだされると、強烈なスポットライトで目がくらみ、また周囲が見えなくなる。

「ほら、こっちだ」

階段を下り、ショーフロアに引きだされた。

いままで濃厚なレズ演技をしていた靖美とエリカの姿はない。

「あれが弟か」

「なるほど、誘拐されたという感じだな」

「ほう。なかなかリッパなものを持っているじゃないか」

「えーっ、逞しくて素敵。私も食べてみたい」

客たちの声だけがボーッとしている春樹の耳に飛びこんでくる。

気がついたら、体操競技に使われる鉄棒のようなものの前に立たされていた。

垂直の鉄パイプが二本。高さは二メートル少しぐらい。それが二メートルぐらいの間隔で並べられて、頂点同士をさらに一本の鉄棒が繋ぐ。

横棒の角のところに環が溶接されていて、そこから革の手枷、足枷がぶら下がっていた。

そんなものは初めて見たが、春樹にはすぐ用途がわかった。

(これに吊るされてしまうんだ!)

そのとおりだった。黒革の全頭マスクに革のブリーフという逞しい二人の男たちは、アッという間に全裸の若者をその枠に宙吊りにしてしまった。

両手はバンザイをしたように開かれ、それぞれの手首が手枷によって鉄パイプに吊るされてしまった。二本の脚は、これまた左右にいっぱい開かせられて、左右の鉄柱の下部に取りつけられた足枷を嵌められた。

宇宙人が地球で採取した人類の牡の標本を展示するとしたら、こんなふうにするのではないか――そんなSF的な感想を抱かせるような、凄惨ではあるが夢幻的な光景がスポットライトに浮かびあがる。

欲望器官も後ろの排泄器官までもさらけ出す惨めな姿だ。

(クソーッ、どうしてこんな目に遭わなきゃならないんだ)

猿ぐつわを噛まされて口をきけない春樹は、屈辱のあまり気が遠くなりそうだった。

一度、スポットライトが消え、店内が真の闇に包まれた。

次に眩しい光が二つの肉体を照らしだした。

一つは春樹の若い、牡の肉体。

もう一つはエリカの、美しい牝の肉体。

牡は全裸で、鉄の棒に吊り下げられている。

牝は赤いガーターベルト、黒いストッキング、赤いハイヒールという姿で、革手錠も外されて両手は自由にされていた。

背後から靖美の声がした。

「さあエリカちゃん。あなたの体を春樹くんに全部、見せてあげるのよ。それから、あなたが一人の時にどんなふうに楽しむか、それも見せてあげて。きっと春樹くんは喜ぶわ」

春樹は姉の目を見た。

トロンと焦点の合わない瞳。紅潮した頰。憑かれたような表情。春樹は察知した。

(何か薬を使われたんだ)

その催淫剤は、靖美があらかじめ口のなかに含んでいたカプセルで、濃厚なディープキスの際に飲みこまされたものだ。さっきセーラー服の美少女みさきに起きたのと同じ現象がエリカの子宮を燃えたたせ疼かせている。

「さあ……」

靖美は催眠術師のように優しい声で指示を下す。

エリカは春樹の一メートルほども手前まで近寄り、二つのスポットライトの光輪は融合して一つになった。エリカの白いなめらかな肌は、まるでそれ自体が肉の奥深くからの光で発光しているかのようだ。

エリカの両手が自分の胸のふくらみを撫で、揉み、その掌は平たい腹部、引き締まったウエストのくびれを伝って艶やかで細く柔らかい秘毛に覆われた下腹部の悩ましい丘へと下っていった。

(ね、姉さん、やめてくれ。こんなところで、みんなが見ている前でそんなこと……)

春樹の絶叫はもちろんエリカの耳には届かない。ピンク色のマニキュアをした指が秘唇を

開き、美しい珊瑚色に濡れてきらめく粘膜を露出させた。酸っぱく甘いような、あの懐かしい匂いがツーンと鼻をついて、

（あ、綺麗だ！）

その瞬間、春樹の理性も吹き飛んだ。

エリカは弟の萎えていた肉茎がムクムクと膨張するのを嬉しそうに眺めて、クリトリスカバーを剝きあげた。小指の先端ほどにも勃起したそれを右手中指で刺激し、その先端は膣口に触れた。人差し指と薬指は小陰唇を左右に広げている。

ピチャピチャ、ニチャニチャ。

淫靡な摩擦音は客席にも届いたかもしれない。

「あー、うっ、はうっ……」

自分の与える刺激に痺れてエリカは膝を屈した。赤い絨毯の床に仰向けになり、下から弟の股間を見上げながら、自分の肉体を愛撫し辱める淫猥な行為に没頭していった。

（くそっ、なんて淫らなんだ）

春樹はもう姉の裸身から目を離せない。彼の欲望器官は下腹を叩かんばかりに怒張して、先端からは透明な液がとめどもなく溢れ、糸を引いて垂直にしたたり落ちてゆく。

「うーん、ああっ、はあー、いい気持ち。あっ、春樹ぃ……」

黒髪を左右に振り乱し、弟一人に魅惑の中心を見せつけながらエリカは激しく指を動かしてイッた。ピインと弓なりになって全身をうち震わせながら、弟の名を呼びながら。

また闇が落ち、五分ほどしてスポットライトが点灯された時、観客たちはどよめき、嘆声があがった。

オナニーショーの陶酔から覚めたエリカは膝で立ち、弟の股間に顔を埋めて屹立した器官を咥えこんでいたからだ。

(姉さん。おお、すごい……そんなにされたら、耐えられない)

もう春樹も客席のことは意識になかった。

「う、うぐー、ぐぐくっ」

情熱的な姉の舌唇奉仕によって急速に極限に達した弟は、勢いよく姉の口のなかに香り高い牡のエキスを噴射させた。ガクンガクンと吊られた胴体がうち震え、腿や臀部の筋肉に痙攣が断続的に走ることで、客たちも彼の噴射を確認した。

姉は一滴残らす一回めの射精液を飲み干すと、口を離さずにそのまま奉仕をつづける。その掌は優しくかつ情熱的に弟の臀部や腿を撫で、睾丸を揉みしだき、指は肛門を刺激する。

ほとんど萎える間もなく春樹の器官に精気が漲ってきた。

闇のなかから全頭マスクの男たち二人が出てきた。一人はエリカを弟から引き離し、フロアの中央によつん這いにさせる。もう一人が鉄パイプから春樹を解放した。

いつの間に現われたのか、靖美が傍に立って猿ぐつわを外す。官能的な香水にミックスした爛熟《らんじゅく》した美女の体臭が若者の血をさらに滾らせた。

目の前では姉が赤く腫れあがった臀部と蜜液をしたたらせている性愛器官のすべてを見せつけながら、淫らにヒップをうち揺すり、熱い吐息をついている。

「ああ、春樹ぃ……早く、早くきて」

靖美は愛おしげに彼の股間に屹立しているものを撫でた。

「さあ、いきなさい。エリカちゃんを、実のお姉さんを満足させてあげなさい。きみの逞しいこれで……あとで私も楽しませてもらうわ。きみは私の体を楽しむ。そうやって楽しみを分かち合いましょう」

美女は春樹の耳もとで囁いた。それは他の誰にも聞こえない。

「私と夫――田ノ倉も、実はきょうだいなのよ。私が中学生、兄が高校生の時からのね。それが親に知られて、私たちは故郷を捨てて東京に出てきた。私たちのようなカップルを一組でも多く作って仲間にしたくて、こういうクラブを作ったのよ。だから今夜からきみたちも私たちの仲間。楽しい未来が待っているわ」

靖美に背を押されて、春樹は前へと進み出た――。

荒々しく牡の器官が牝の器官を突きえぐり、エリカの絶叫に似た悦声が《バルバロス・ルージュ》の空間に響き渡った。客たちの昂奮は最高潮に達した。

この作品は一九九五年一月フランス書院文庫に所収された
『金曜日のレイプ　実姉相姦計画』を改題、修正しました。

GENTOSHA OUTLAW BUNKO

姉《あね》のスカートはいつも短《みじか》すぎる

館淳一《たてじゅんいち》

平成27年6月10日　初版発行

発行人――石原正康
編集人――袖山満一子
発行所――株式会社幻冬舎
〒151-0051東京都渋谷区千駄ヶ谷4-9-7
電話　03(5411)6222(営業)
　　　03(5411)6211(編集)
振替00120-8-767643
印刷・製本―図書印刷株式会社
装丁者――高橋雅之

幻冬舎アウトロー文庫

ISBN978-4-344-42363-3　C0193　O-44-22

幻冬舎ホームページアドレス　http://www.gentosha.co.jp/
この本に関するご意見・ご感想をメールでお寄せいただく場合は、
comment@gentosha.co.jpまで。